U0915647

Across Home and Alien Soils

Selected Poems of Cai Jinsong

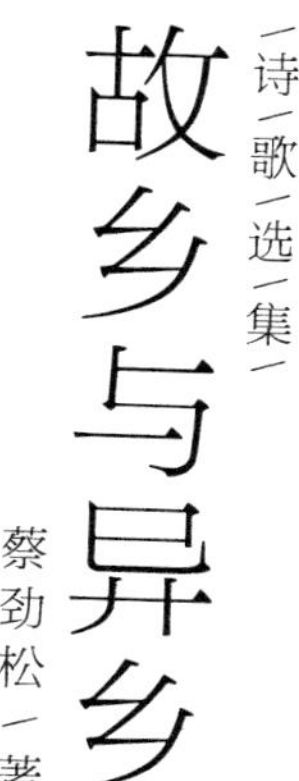

/诗/歌/选/集/

蔡劲松/著

民族出版社

蔡劲松 侗族，祖籍贵州石阡。1969 年 11 月生于贵州松桃，长于乌江之滨的山城思南。1987 年考入西安交通大学，在西安学习、工作 11 年，1998 年调北京工作至今。先后获西安交通大学工学学士、北京大学法学硕士、北京航空航天大学管理学博士学位。现任北京航空航天大学人文社会科学学院（公共管理学院）院长、人文与社会科学高等研究院院长，北航艺术馆创始馆长，教授、博士生导师。

大学期间开始文学艺术创作，曾获“80 年代西安交通大学校园十大诗人奖”。著有诗歌、小说、散文、艺术评论等作品 200 余万字，散见于《收获》《诗刊》《民族文学》《北京文学》《山花》《延河》《文艺报》《创世纪》等海内外报刊。出版诗集 4 部，长篇小说、小说集 2 部，随笔及艺术作品集 2 部，学术专著 5 部。曾在北京、台湾等地举办艺术个展 3 次，雕塑、山水画作品被工业和信息化部、国家教育行政学院、西柏坡纪念馆、台湾成功大学、中国驻法大使馆、意大利米兰理工大学、韩国首尔科技大学等数十家海内外机构陈设、收藏。

中国作家协会会员，中国美术家协会会员，中国城市雕塑家协会会员，北京作家协会少数民族创作委员会委员。

目录

辑一　梦回乌江

梦回乌江 · 003
独步武陵 · 005
渡口 · 006
板桥 · 007
傩 · 008
回声 · 009
贵州 · 010
阅读 · 011
关于藤椅 · 012
船行江上 · 013
一只鸽子 · 015
贵阳上空 · 017
光荣与梦想 · 018
高原，高原 · 020
绿水 021
我是一条江 · 022
砖窑记 · 024
石板寨 · 026
中坝 · 027
若水的故园 · 028
五支动听的曲子 · 029
黔西大地 · 031
草海 · 033
巨石穿过手掌 · 035

天河潭 · 037
峰 · 038
塘头 · 039
航行与呼啸（组诗） · 040
深处（组诗） · 044

辑二　在北方

饮月光的羊群 · 061
凝望南方 · 062
大雁塔 · 063
大地沉香 · 064
点灯和抚琴 · 065
养竹记 · 066
常乐坊 · 067
城市之冬 · 068
相聚 · 070
从北方返回故乡 · 072
在树与土面前 · 074
走过黄土层 · 076
社戏 · 078
流淌的冬天 · 079
北方河 · 081
遥远的牧歌 · 082
老城 · 084
陕西这个地方 · 086
咸阳，阐释和我 · 088
乡土 · 090
高原写意 · 082
雪原 · 093

雄魂 · 094
原野 · 095
镲 · 096
飞 · 097
壶口瀑布 · 098
黄河的巨浪与回声（组诗） · 101
致西安（组诗） · 106
铜车马的时代（组诗） · 110
一座村庄的冬天（组诗） · 114

辑三　翅膀下的风

月光下的巷子 · 121
鲜花 · 122
蝉 · 123
在路上 · 124
风筝上的等待 · 125
访问菊花 · 127
刚刚…… · 128
别的声音，别的房间 · 129
房间侧面 · 130
翅膀下的风 · 131
继续夏天 · 133
像夏天的草躺下 · 134
飞旋的乐章 · 136
冷却的歌园 · 138
潮涨之夜 · 140
雪之后 · 142
叩问 · 143
升腾 · 144

野天使 · 145
风继续吹 · 147
远景 · 148
真实的夜晚 · 150
最初的雨或仰望 · 152
在一棵树旁远望火山 · 154
海中的玫瑰 · 156
地球日 · 157
行走的人 · 159
驰 · 160
葫芦蓬 · 161
天边一朵云 · 162
云影与松风 · 163
平原（组诗） · 165

辑四　素履之往

经过秋天 · 173
那么深的季节 · 175
海阔天空任鸟飞 · 177
我的家 · 178
今夜 · 179
姐姐 · 180
独唱 · 182
反差 · 184
出手的瞬间 · 185
对话 · 186
月光谷 · 188
故事 · 190
海 · 191

和母亲在一起 · 192
四月属于母亲 · 193
四月行歌 · 195
夜歌 · 197
河流之旅 · 201
儿歌 · 202
鹰越过头顶 · 204
我站在你面前 · 206
天堂之鸟 · 207
人在边缘 · 209
想起亲人 · 210
平静的日子 · 211
等待 · 213
简朴的生活 · 214
一个绿野黄花遍地香麦的春天 · 215
初冬的夜晚掌一盏灯 · 217
车手 · 219
我心深处 · 221
成长 · 223
怀抱 · 225
忆 · 226
长翅膀的迪加 · 227
人生之隅（组诗） · 228

辑五　空旷之年

风景 · 235
另一种激流 · 236
树枝上的乌鸦 · 237
光线 · 238

栅栏外 · 239
坐看桃花 · 240
鱼与鹰的投影 · 241
疾驰 · 243
骑车行走 · 244
午餐时的交谈 · 245
内心的生活 · 246
泊 · 247
危险地带 · 248
旋转的点 · 249
潜水 · 250
写给七月 · 251
淡抹深秋 · 253
往事如烟 · 254
失落的声音 · 256
东方月 · 258
沉思 · 260
走在凌晨的影子 · 261
蜉蝣 · 263
音乐长廊 · 265
与花同在 · 266
秋雨 · 268
空旷之年 · 270
茶家 · 272
朋友我为你临摹一幅画 · 273
西递，老人胡星明和他的川 · 275
坐在马的边上 · 277
记忆与事件 · 279
冬日思绪（组诗） · 281
长假断想（组诗） · 283

辑六　无极之核

纪念日 · 289
想象 · 290
无极之核 · 291
醒来…… · 292
鸟 · 293
绽开 · 294
在一只鸡蛋上涂彩 · 295
空心灯笼 · 296
仰视 · 297
炎热的惯性 · 298
预言 · 299
一棵树 · 300
默动 · 301
量 · 302
死亡与契机 · 303
老鹰之歌 · 304
奔跑的野兔 · 306
箭与雀子 · 308
蓝黑的鸵鸟 · 309
漆的芒 · 310
古代 · 311
故井 · 313
五谷 · 314
诗与真 · 315
双柱 · 317
星移 · 318
啄食者 · 320

存在与虚无 · 322
呜嘟 · 323
人面猴 · 324
跃 · 325
栖居 · 326
孪生 · 327
黄釉时代 · 328
勿声勿视 · 329
浮现的尺度（组诗） · 330
未来世界（组诗） · 333
时光偶拾（组诗） · 339

辑七　静寂之声

珍珠 · 345
匍匐的碑 · 347
穗 · 349
在静默赐予的闪电中 · 350
在睡眠的意象里 · 352
柔板，雪路之行 · 353
琵音 · 354
处女泉 · 356
给爱丽丝 · 358
浔 · 360
潮 · 361
王子之祭 · 362
猎鹿人 · 363
西线无战事 · 365
马路天使 · 367
夏天的抒情 · 368

视野 · 370
草原 · 371
鱼塘 · 372
瀑布 · 373
鸟岛 · 374
海滩的回忆 · 375
梦幻组件 · 376
火棘 · 378
追思 · 379
内景 · 380
第十条线索 · 381
推手 · 382
池塘 · 383
那时明月 · 384
寓言 · 385
丛 · 386
葱 · 387
静夜思 · 388
静寂之声 · 389
月色之上（组诗） · 390
巴黎行履（组诗） · 393

跋

故乡之外，可有精神安顿的异乡 · 400

辑一

梦回乌江

梦回乌江

从羽翅出发。天空一片晴朗
大地在望

所有与之毗邻的轻烟
犹如白色之焰：长出鸟的歌喉

犹如流放的生命之颤者
犹如风中的飞腾。耕牛背上的童年

点燃广阔无垠的庄稼
点燃江的拥抱岩石的姿势
猩红的是沿岸乌江
猩红的是流淌的歌谣与诺言

晨曦。在田间挥动犁耙
选择乌江的流向

由此诞生着恒久的篝火、芦笙
与源于民间字母的诗歌

回到紫箫的音域。仿佛渔舟独去
吹奏悠然欲飞的阳光之桨

梦回乌江。站在古老射手的长弓上

射穿大坡地和水的胸膛

而乌江依旧。她童年的美丽
不止一次地注视着两岸的延伸

她告诉我：很久以前的秋天并未风干
乡间鸟语与翠绿同存

独步武陵

一封信，插满鸡毛
带我到旷寂的山塬
绿玻璃做的天空下
便是武陵，一个滋养语言的地方

那源头里走来的少女
手持彩绸、头缠野花
我与她不期而遇
四季轻浮在我透亮的瞳孔间

她的微笑跟着我
翻山越岭
她的涧溪向上生长着
一直伸到星月繁衍的春天

我亲爱的武陵，隔着一坡植被
和花瓣
在宽阔的阳光里
我顾盼着最初的诗句的诞生

渡口

彼岸。坐在遥远的云端
骑红马驰来

一个飒然有声的时刻
我飞身跨越两崖
看见绝壁与平川之花

无论村庄有多远
无论竹梢伸向何方
我手持日照
守护着石头和水的重量

码头。唯有天空下的码头
埋藏着坚硬的呼吸

码头。唯有旭日高射的码头
在蓊然涌动的血液中浇铸脊梁

而船在江心
陷于陌生的岁痕之伤
那丛中的纤纤水竹
又将如何被撑于手掌

板桥

野生的花朵飘临板桥
裹着初绽的娇美

一束远行的声音紧紧萦绕
欲到板桥流水人家

乌江的尽头。聆听榕树下的呼唤
痴迷着、倾诉着、繁衍着那至纯至圣的空间

因而有大地的襟怀
丰厚的莽莽山塬和关于亲情的怀念

因而有月下的翩舞与抚摸
让我回来。在桥上拥有炫目的琼浆与花粉

傩

在弥天的谎中我听见声音
单纯地丧失

宁静中犹如浩瀚无垠的考验
于何时经受折翅之重

除了遮掩，除了近处的倾诉
茂盛的禾苗被同样梦见

充满火焰的幽深
在伪装的背后突然陷落
掉出真实的明证

那一夜，舞蹈多么纯洁
祷词反照内心

一朵花，一朵山花插在春天之上
离开了冰霜的植物

回声

今夜　悬崖给了我眼睛
和漂泊的船

流浪的音弦
在惊涛骇浪中离去
四面八方的音弦
在高原灵魂的弧线里丢失颤音

却源于江水生动
却源于荒野淋漓的细节

山啊　是飞翔给了你风吗
悬崖啊
是飞翔给了你汹涌和静默吗

我在今夜归来
因为千里高原不设防线
因为微风中石头像一朵寂美的莲花

因为　我的家
繁殖于乌江沿岸
被盛开的回声轻轻牵引

贵州

你孕育的乌江
是我心灵的温床
你暗藏于腹中的母语
是我抚遍青山的乳汁

在十月以前
我怀胎于你额上的皱纹
多么难平的夜晚
我如何感受你分娩的阵痛
奔赴崎岖的山路
蜿蜒盘旋于天地之间

站在山岗上的我
何止一个血肉之躯
那么多清泉汇聚于陡峭
那么多炊烟给天空以旷远

长流。大乌江的水呵
宛若我生命中不止的血脉
在绿原的深处搏动
在长长的阳光普照中呼吸
听着：阳光在雨中落下
江河在你起伏的胸前凝成
我永远的乳汁

阅读

这一页，我翻到了遵义
她的清澈漫过三月
漫过经年不衰的醇香

她告诉我：
“月光下的闪烁在历史中
悠然向往……”

街上的汽车、灯盏、高楼和行人
像被仙酒陶熏
在同样的时刻，返回民谣的深处

我说，“太阳殷红时分
我正要去向那耕犁的老乡问路”
或者途经雪中，一块无字的碑石

我目光如雨
浇过火炬般的石头
城市的一隅，桃花正盛开

关于藤椅

在八月的乡场上
遇见藤椅
从子时到天明
遇见乡音

一阵铜锣敲响
惊觉了山涧溪流
水漫过乡场
缠绕藤椅

来自故乡的藤椅
穿过一条江
以及一些漫长的岁月
在城市的百叶窗前
铺满青苔的记忆

宛若湍急的时光
铺满了编制的印痕
被缠绕的孤独洗礼

船行江上

我记得船行江上
朝着中秋之月
朝着一片沧桑的雨云
握在手心的秋天

我记得。乌杨树伫立尽头
她枝丫的清香比水明亮
比安静的鸟语更柔软

弥漫在江雾中
弥漫在金灿灿的稻谷中

除却镰刀和秋天的乌杨
从江水的深度到脱颖而出的鸟
完整的消逝与追溯
完整的涌动与隐伏
在与生俱来的划行里未曾熄灭

走向金秋。一片赤黄的真实

一片锋利的尖啸的风声
屹立于意志的故园
它等待已久的岁月之舞
铭刻于艄上

抖落在如镜的江水中

那么，船行在江上
我记得圆月动了念头
波涛驰向沉思的家乡

一只鸽子

替我飞翔
你可选择启程、路线、目标
和未打开的记忆之门
航迹就在眼前

替我飞翔
高过铺展的黄昏
梦中的贝壳和岸边的休憩地
多么宁静……风中的闪烁……或者沐浴

替我飞翔
如果你发现江水里带着咸味
如果山楂的花期到来
浓雾掩映青山　拂晓露出真相

替我飞翔
就在大乌江的自豪和无止的信仰中
就在冬天的滑动与旋转中
升于雪飘之上　升于黑暗之上

替我飞翔
一切时间都奔淌在高原的烧炼里
一切荒芜的土地都滋润于蜿蜒而上
呵，敲醒时辰的江水，竟居住在火焰的殿堂

替我飞翔
好像漂浮着健康、崭新的血肉之躯
好像某个清澈的水手的存在形式
多么结实……惯于吟唱……或是祈祷的航标

贵阳上空

这里曾有无数英雄饮马
被太阳坚定地抚摸着
一段最具品质的历程

“女士们先生们，现在
我们正在飞越贵阳上空……”
那是我生长的梦，在自己脚下
沿着千百个叩问起伏

即使，我看不清
一串串长长的故里
即使，那个阳光稀薄的传说
延续到空中小姐悦耳的嗓音中

高山！那个隐约的巨影
同样使我感到风的存在
并从心灵吹来——
它向上的速度顶破层层乌云
直到太阳盛开

历史像一万只鹏鸟的迁徙
住进现实，我正在贵阳上空
经历着自己
用运动的目光将生活引导

光荣与梦想

一

乌江

流到乌江。我那只春天的鸽子
站在一棵大树上

无所畏惧的乌江
像远处把持着利刃的勇士
和花朵。以及唱歌的情人

她的身躯在开花
处于温暖的绿荫里。只有

美丽的羽毛响个不停
穿过透明的衣裳

二

野外的阳光用水酿造
漂泊的爱情

一如乌江的丰盈
飞过头顶。渡过亲切的彼岸

拾阶而上

一如我未来的眺望
集于身旁

现在。靠近我的鸽子
正等待一支闪耀的乐曲

旋升于水做的舞台
便是赤诚的乌江

三

与珍贵的秋天会面
与陌生的河床
一同预料时间的到来

给予我生命
乌江。给予我一贫如洗的镜子

照亮真实的百灵
再一次歌唱
再一次啄来金黄。还给秋天

吻她明净无尘的脸庞
安详一世的乌江

高原，高原

任西北的风
吹到西南
我端坐在黄土的尘粒上
领略天空的伟岸

大地。广阔持久的大地
从我降临的时刻
便将远古的钟声陶铸

若涛涛的洪水
滚滚延绵的雄风占领浩荡时空
以高原的姿势
以绝不卧倒的姿势
获得广博与深渊

独到之处。我梦中的高原

我远眺的故乡
和深刻的山川景象
都有水的纯度
都有泥土的宽度与深度

绿水

轻轻涉足绿色之水
又涉足宁静时分
从遥远而来的山脉
被浸在水里
又通向身后灰色的传说

一块天边的陨石
落成这片碧洲
紧贴山脊的生命源头
接受自古以来的风雨
因绿而美丽绝伦

每一方荡漾的行程
就是那些命运在走流
有时候石块风化
水也随之风化
但岁月托起木舟
再一次飘进自然

这悠然不倦的溪流
伸出双手　抚摸纯净的远岸
那远水无言的眼睛　不日不夜
为每一句古老的船谣
默默睁开

我是一条江

一条江
从我面前经过很久了
我一直像石块那样击落在江面
像目光沉在水底
看见了鱼
看见沼泽的环境

我当年想象时
风雨落下
在这片峡谷间静寂无声
在青色的岸边
云雾环绕着　流浪着
唯有船
行走在远远的江心

我没有船只
一直到现在
我从未能洒脱地走近江心
说几句沉浮的话
但有时间会看见一些漂浮物
我凝视着它们
就像凝视水中的自己
有时
在江面的映射中清醒起来

在阳光中感受水的灵性
这是属于我自己的自然物

终年间相守于斯
便像渴望灵水一样捕捉灵水
渴望融化在江中
贯穿一切深奥的地域

在岁月中
江水把我的前额冲流成滩
固定在这种荒然的地界
我很高兴
能在江水中幻化为倒影
幻化为这条源源的江水

砖窑记

在江的面前你困惑了
你的砖窑
在一次洪水中浑浑浊浊
那时候你的眼泪
没有什么固定的方式
沉浮着
你是谁
你为什么一个人躺在那里
等候汹涌的洪水

那时候你很累
你的胳膊举起过山
举起过汗流浃背的丘陵
那些青色的方砖
在你坚硬的目光下不断成形
你感激
你欣赏你在江边的身影
并走进麦苗的田间

你在江水里笑着
你是一条鱼
一条鲨鱼
粗犷地吞食着整条江水
你从容地跃出江岸

用头拱出那座窑子
用流血燃旺那膛炉火

那青烟从你生命的林中溢出
又游串于源远的江里
你欢呼过
像那紫色的火焰
在江的面前永恒过
那天你没有分辨清自己
是激越还是痛楚
你便沉没进山里
沉没进滚卷的涛浪中

你手下的青砖
就是你背枕的山川
你把自己的灵魂
烧在那片遗留的废窑里

石板寨

用石料营造的房屋和楼梯
反射出紫色的光　石料产自本地
它可以舍弃所有的细节
只剩下硬朗的部分

有人将石板寨的脸部润湿
那时石料成为种子
可以生长、发育和传宗接代
也可以让人们集中
在那条平直的石板路边缘
堆积吃食、衣物、工具和民间药品

若石板被细腻的茜草红涂抹
市场便很热闹　石屋子
却在充裕的时间里孤单
它可以说任何一种你不懂的语言
也可以视之为海绵　行走其间

石板寨没有接缝　其神态偶现裂痕
它在雨中被施以群青
人们以石为食

石板寨经常涌现从粉色
到紫色的光

中坝

夜间我走近中坝
有一只风箱被石匠拉起
我突然感到石匠的手钳住许多錾子
被烧红而后煅尖

中坝习惯于敲击自己的心脏
石匠们则为某股并不存在的夜流聚集
用红色的石块凿成一只硕大的杯子
那时候人们睡觉
都习惯用红色的眼睛
娓娓述及每件夜里的事情

夜间人们习惯走近风箱
回忆一些土生土长的梦
而年老的人拥着那只石杯
盛满浊水、酒和大声的方言
闹哄哄地让我与他们同吃住

我挤出人群盯住中坝的心脏
因为夜间
而没有答应去替换自己

若水的故园

故园的水把我液化
从那时起我就紧闭双眼
而无法朝向阶梯
只有故园的往事在一步一步行走

我回头　红漆的门扇开了又合
合了又开　水竟如此抽象如此疼痛

水很容易使我疲劳
在我故园的某一个侧面
就像盯着太阳的遥远的眼睛
有些始终远离流动的水

我常常在不可触及的水前盘坐
又常常从水中　走进走出
就像以往我进出故园的时候
冬天已结束　仿佛
只有我才不会流动
才会静止于泱泱的故园
驻守一个春天

五支动听的曲子

今夜。为谁而唱
今夜。流着光芒
今夜。我在纯朴的水边
今夜。悠远的目光撒落
今夜。紫箫吹响

是我的族人
是我的流泪的姐妹
越过夜冈。今夜
是岁月的城堡迎面等我
是山里的歌谣静静朗照

淡泊的今夜
第一支曲子引入寂寥
第一支曲子沉淀苦涩
第一支曲子掘起泥土
照彻颤抖的今夜的心脏

我未被遗弃
在苍茫的遥远的山地
我怀想我的族人
我注视我的族人
今夜是冰凉。是无垠的地窖

我的族人从中流浪
第五支曲子浮于清远
第五支曲子幻成深色
第五支曲子是镰刀
与我相亲。韧是玉箫

黔西大地

大地朝西
我更拜谒旭日

大地朝西。越走越远
走向草绿色
天空的成分。高亢而明晰的
旷久而静寂的
高原！放牧之歌声遥指东面

东面：文明的阳光横渡
一条大河
大地朝西
朝向一群黝黑的脸

看见我们。霞光中的景色
距今天有彩绸飘飞的远？

以石头抛去
以紫色的泥土抛去
在紫云之上。牧羊的长鞭
以柔美的呼声抚爱她们

羊群呵。梦中的青
与怀念

与大地的身段翩翩共舞
与黄昏的绚彩相连接

黄昏。我获得黔西大地上
最慈祥的归宿

草海

我在草的深处看你
看见一匹马
看见眼里闪耀着芬芳的一匹马
一匹马。穿透原野而来
沾满沼泽的片景

今天。我站在黔西的大地上
我像一匹从远处奔来的孤傲的马
站在这里歇脚
我看见你。脚下的黑泥、风中的海
我看见你！
海从黄昏开始打过草的肩头
把阳光之重传递给你

满身是泥：泥滴着水
长着一片一片乡音
请让我涉入
在清早透亮的等待中涉水而入

请让我涉入泥的一部分
或草的另一部分

今天。我还不是马
我只是隐藏得最远的怀念的叫声

你告诉我——
我何时可以穿过大地
穿过草的海洋而又不会惊醒她们

巨石穿过手掌

在一个黑牡丹生长的月份
在一个石头开花的山坡上
叮咚、叮咚、叮咚
藤蔓绕你而生
藤蔓侵入你的血管

脉动着。巨石穿过手掌
一支钢钎震颤着
大锤和大石头。一个石匠
将鲜花的液汁倾入

晌午那样漫长
像我舅舅的长背影
敲出一群美丽的碎花纹

碎花纹。是你心中的巨石
萌生四月的响泉么?
来自茂密山林的渠
和回鸣。和激越的铿锵
绕过夜里的坡度与梯田
长驱直入

撑开的手掌
顶住蓝色巨石的手掌

在梦里结识高度
在大地里掂出重量

一个石匠
像我舅舅那样将巨石往上抛
像一块残缺的陨石
落在屋顶
然后接住它

天河潭

是谁的山在山后边
是谁的水在水上边

即便对阳光的照临毫无知觉
即便山川
从未为天空唱过挽歌
天河潭　我灵魂的轮廓
在云贵高原坚韧地埋着

是谁的心在心外边
是谁的潭在潭里边
从此经过
黎明被太阳之手拽着

峰

是山峰唤醒我的记忆
在目光的另一头
蓝色的蓝色中
武陵群山阻隔了阴霾

我身体的紫外线
在梦中的家山上漂浮起来
遮掩了晨鸟的鸣叫
遮掩了我微弱的喘息

攀沿那荒野的足迹
一个又一个季节
它们拖着沉静的步履
吮汲天外的温暖

路被远处的蓝阻隔
我的身躯融入故土的容颜
高高在上
布满春天的血脉

塘头

在去往塘头的路上
万物复苏
借给我溪河岸边的岸
借给我逆流而上的水
浇向梦里的花瓣

生命的力量
绽开在我的内心
我是那个躺在脊梁上的造梦者
像山核桃的根茎般长眠

尘埃疾飞的路上
植被的焰火和种子的浆液
四处飞溅
像是捡回了失眠后的警觉
生命们交织着生长
覆盖我灵魂的细沙

万物复苏
始于生命们的联欢和舞蹈
在塘头排成队列
歌咏或祈祷
最初的生长
最后　还是生长

航行与呼啸（组诗）

江边竹市

隔着排列，隔着如水的念头
竹被信仰竖起
一节一节地逶迤成
移植的航向灯

此起彼伏，敲击
竹器的身影
游离的乐音
辅我上船，游离于
呼啸之旅

亮出的身段柔润多姿
亮出的羽毛迎着薄雾或细雨

或是竹的气质
悠悠地吹起了
一个唱民歌的女子，而我
在一次竹制的幽深与凉爽中
向夏天作别

太阳正在头顶
是那个女子，使我想起

长在土地里的笋
清雅的星空下
在江边
船从竹的这一岸出发
驶向竹的村庄

万胜屯

这块巨大的岩石
与向上的森林
奇迹般地相遇

在我的幼年时代
收割的农人
像一只宿鸟与飞翔对话
经历着大雨
又被无数绽放的小草熏陶

千次万次
鸟儿成群地飞来
叼着汗水，或堤边的芦苇
环绕时间一圈
在万胜屯上
我看见自己赤色的胸膛已经长大

透过水做的镜子
森林衍生
巨岩成形

宛若释放出异光的梦
树在万胜屯上结果、开花

泉，以及盛开的鸡冠花

泉是使我唯一感到真实的
水。以及盛开的
欲望的复制

看不见的深处
我可以触摸到梦乡
或生活之底
就像夜色
常常被安静的芬芳赞美

但是，这一回
我看得见盛开的鸡冠花
长在早晨，一个远离梦的标志上

如果叩开山门
一切都十分明了
泉也会呐喊
在骚动的躯体里包裹毕生

这诱惑的棱角和给予
已经浮出水面
并经久不息地朝泉闪烁

透明的记忆

记忆很早就将我浸润
记忆生满了老茧

次日。我的左手和右手相距甚远
都插在缥缈的河滩上

接近于无限透明
风中的灯芯。就像水下的宫廷被敞开

淳朴的景观被刻记于河床
呼啸的声音在我眼前戛然而止

不是故水之恋。也不是山坡
传说到了苍翠的山洞里

云上云下的忧郁紧贴着山泉
一直流到船篷的记忆中心

大河在这里转弯
弯道上。我如何若金鸡般鸣啼

次日。我从船舵的摆动中醒来
次日。我的命运之船爬满火棘和青苔

深处（组诗）

——关于寻找的挽歌

一

我在你前面。我的语言和行为和幻想中的力，就在你前面。

你的玉洁开放在水中，浮着空濛而淡淡的景致。

那景致中的手和手中的纹路，拉我进入。那不朽的绿和木中的欲望，刺痛我苍白的内脏。我站在尘土之上，抚爱自己的痛处，我对你回答：只那一朵玉洁的白兰吗？

你在如何陷入，那竟是一种慈爱和憎恨迸进的力呵。

你给我茫然的时间。我发觉它将化作薄雪，洒在整个天空之上。

天空呵，你是冬天和雪的静谧的夙愿。你是我前面的容颜，我的睁开的眼睛和世上的风。

二

那水多澄净，那涓涓的流行遮掩在浓荫下。

那浓荫多详和，那款款的气势涌发出幽禁的欲念。

而阳光的密林呵。而水中的奥秘和不可理喻的符号呵。

三

譬如千年的神话，你颤抖的表情记忆犹新。那难言的美和我怀中的羽翅，用深思和蔚蓝的身躯触及高处。

但是，我怀想什么呢？我从谁的目光里躲避晨曦呢？

我真想握住它呵，走上前去，我那柔弱娇小的女子。我那闪着晶莹露珠的心和粉红的花朵。

而花蕊纷飞了，它们是种子，触及精神才能亲吻的地方。

它们又是单纯的形象，用婉转的曲调抚弹一座凝思的花园。

四

所以是仙子，她走过多色和叮当的踝铃，她安静地汲取泥泽与花边的水。

这是你的缘故。你所以要清唱，你所以微笑着忧伤。

向我飞来，向奏乐的人飞来，向不久离去和攀援的四肢飞来。

啊，我竟是小小的湍急而来的痕。

奔腾的山洪。

梦中的门扉敞开，它卡住我的胸口，得到哀叹般的歌唱，是为了擂响双翼与天空的歌唱。

她独自沉思，牵起我的全体和力，独自坐在边上。她一次又一次来到时光的门前，叩这些沉甸甸的贮藏品。

而我贮藏什么呢？我只在为唇纹遮掩，然后走到林子的深处。

我却又畏缩什么呢？那是你的波浪，那是容纳世界和你的唯一的欢床。

可我缓慢地丢失了。我经过细心的旋风般的祈祷，又在感动的泪中，发觉那方凄凄的脸庞。

五

她在雪地中寻找。她寻找自己生命中的生命和灵魂的影子，她寻找燃烧的热望与冷冰的泪。

而她与自己的道路分手，在岔路口，疾风传来彼岸的急切声。

她知道她要离开爱与被爱。她走向虚无的真实之中。

那些河流，那些流淌而过的心潮之起伏。

我来了。那鸥。她将飞越自己的身躯。

六

果子呵，成熟的青与心灵中的吟唱呵。

雨正淅淅沥沥落在野外。它们滋润命运中的绿叶，那清香的苹果园地。

你恰似阳光雨露的成熟呵，在胸口蒙上一层自然的恩典。

感激吧，抚摩吧，答应我吧：

那急切的茂密的果园，在那傍晚，田间的夕阳与夕阳下的吟唱，与梦一道归来，与等待的含苞欲放一道归来。

我终将接纳你，为你轻抚。

我不会遗忘那一派静寂的走向成熟的果园之行。

七

可是，她在何处藏身呵。她缤纷的浓发在何处飘逸成云呵。

我好像知道，这仅是她的存活之地，这仅是她观察人生，然后眺望四方之地。

这又有多么辽阔和烂漫，她几乎成为我自己的诗人。

她后来达到稳定、平和与闲逸。

她告诉我：在你调和的音符中，一个人就是一段灵魂了。

八

我当然相信，你无论何时都将视我为亲人，在一些闲暇的日子里，让我的心胸充实于民间。

那些流浪的歌手，脚驻在水下，喉浮于云层，他们的唱腔贯穿宇宙，他们的节律深入季节。

你呢，你的完美和无数抒情的诗呢——还有多远，还有多远才会抵达一次艰险的阐释？

夜深，我替你站在一些方向上，我替你询问和回答。

九

永久的天空，永久的星光和月色。

它们对我来说都仿佛是点燃的火种，让我默默坐在你对面，让我们携起的手得到暖和。

在夜晚，你就像路旁的鲜花，不时飘临沁人的滋味，又随芬芳之源更臻完美。

那和谐的韵呵，那刚强而不朽的女子呵，她的心灵的内殿永久向我敞开，她的无定的梦幻在凝视中沉入家园。

然而，我的家园弥布紫色。

拂去尘屑，你的时光里绝不仅仅是郁闷。从此我冲出这道路旁的篱，就在我探望的生命中，竟流出一条通向深黑的源头的河。

呵，忘却的你，原是我最珍视的安身之处呵。

十

吹起号角，拉起你接近岁月之窗，你不断告诫自己：声音嘹亮，光彩耀人，内心铺着七彩之和弦。

你开始命令自己轻唱，那歌声使天空晴朗，那延绵的气息使大地生辉。

当时光流逝，你吹出明晰的乐曲，我总愿留在你身后感悟细语。

我用简单的生命般的响动，感悟你要揭示的一切。

仿佛岁月付诸东流。

你的纯朴的和声，在与她相会的日子里到来。

十一

哦，爱人，她竟在我昨夜的房前。

她竟在旋飞的阳光下等待我的到来，但我到来之后，只是轻描淡写地瞩望着远处，她像是知道那到来的人儿不止是我。

会是什么呢？会是披红的蜻蜓和草绿的柳条么？

我是旋飞而来的，我驻足的声音多么清脆！

爱人，她相信那个刻骨铭心的长着草莓的夜晚吗？

哦，风吹过我落在山壁的房前，那是我自己的座位，那也是她一个人的座位。

而早晨，她像涧溪一样向我告辞，流逝而去。

十二

你去向哪里。你的手仍在我手中，你的思想仍在我的思想里。

我只是你的诗人，而你是你自己的诗人。

那些惨淡的天气噢。

那些茫茫的风沙与路和云噢。

那些足以让人抒发胸臆的世外桃源噢。那些糅合着人们天赋的黄昏噢。

我只在乡村。

而你，更在乡村之外的乡村。

十三

请原谅我，我已将你惊醒。请原谅我，我粗拙的语言让你感到羞耻和委屈。

这一生中，你是不是觉得我所热爱之土，渐在失却分量。你是不是觉得有些东西，像青铜那样腐烂在海水里了。

以及临水的村庄，以及更多的农历般的光芒。

请原谅我。开放在春天的谣曲呵，泅渡在心头的红绸呵，我们是怎样牵连和相爱的——

我不相信这是缘由。我不相信遥远的阵势，是无法抵挡的。

并不遥远，你坐在时钟的脉搏里，等待我的敲击。

并不遥远，你从阳光的构筑中，穿透接近的现实。

并不遥远，你用陨落于沙滩的潮水，包围自己的周身。

并不遥远，握你于透亮的天，纯净的月，你把永远开花的纤纤枝条，遍插边缘了啊！

十四

因为，谁也不能等待的感动。

她一生的悬浮的爱呵，在一幢木屋的风前驻足，如初秋的家或愉快的花朵，她要说的就是天气晴和。

今夜她要说好多好多。

我默默不语，让一道月光穿越桌前。

像空中的草场，它们又升得多高，多圆。

我为她感动。而且，我梦想自己能接受这份秋天的寒光，可它们射在我眼里，迸出一道道注视的痕迹，便在温暖的夜间死掉。

这是只多么美好的鸽子，微笑的人儿，你是否能祈祷她的降生呢？

十五

顺着风声，她来了，我的朋友就要挟着单薄的生命来了。

我的朋友美丽如云，像你一般心情畅快，飞快地飘向高处、远处。

把我带到那里吧。生长于大地的炊烟，总要燃起生的气息，像她出世之前寻找果核的声音，从温暖的梦开始靠拢。

翩翩飞过我的头颅，这执着的声音，这回家的方向。

十六

土地。我们沉痛的臂膀。我们轻灵的尘粒中的品质。

高贵的亲人，抬起你的腿和腿下的阶梯，而它们，它们承受一种温馨的归宿。

这就是你的热爱，你的喜悦和吐蕊的风。

飘过来。那佳人。

我记得在激流中见过你，封冻过你的嘴唇。这时你用善意的眼神和我交谈，你用柔顺的姿态躺在她怀中。

她竟是那土地的佳人。那深处的红色蚯蚓和蛇行的洞穴。

十七

给谁人的歌。你不时唱着。你有一颗需要支持的心。

在此等待，伸向那洞穴的内部，她端详着里面的环境，仿佛是什么物件迷失在眼神里了。

那么你寻找吧。你用力在事物的周围擦边探寻。那以往片断呈现眼前，像繁花一样绽开。

你把歌献给我，使我沉寂的灵魂受宠若惊。我于是给予你报答，我给予你无拘无束的效劳。

别让你孤身幽居了，把属于我的给予你，把我胸口的私语和倾诉悄悄地给你。

——然而我却忘记了。是她偶尔的歌唱使斜晖脉脉，不是我。我只有倾听苍穹的能力。

我只是一株无力的树，我的弱小浸存于泪水中。

十八

但是，我居于自己的私房，那永存的光和凝视的流线，那纤纤柔手和被清晨赐予的召唤。我知道这是唯一正确的。

但是，当我敲响房门，躺在地上吹笛，我只有一支曲子可以奉献。

途中我只想梦见你，但你来了，你被我的笛声诱导而来。

但是，降落在池畔的荷叶啊，秋天的闲暇使你被冷落成霜吗？只一个昼夜的时日，一条薄薄的白纱雾，一排散落天花的湿的光泽。

你终竟润湿了，芳香的花朵和女子的馨呵！

一切都在过去，一切又都在了结，在这里面，你使我更加深入。

十九

暗灰的云和夜晚。

延续的生命和滋生的马蹄声。

我便在先人的梦中沉睡，梦授予我大片大片的刀刃，幽幽的竖琴。

那个夜晚，历史从这里沾满尘灰，我想到是你在深切怀念，是你在流苏的庄严里手持羽笔，遥遥面对尽散之烟。

那巨响先是一滴，而后两滴，三滴。

暗灰的夜晚和云呵。当那些宝马成长起来的时候，她会流注什么样的血液呢？

二〇

毕竟是一种独特的语言，麦子在阳光和雨中不断成熟，紫金的铜车马也拖着满载之雪而至。

融化了，便是粼粼的河面与水线的伸长，便是呜咽的悲伤在哗哗喧响。

怎样投她入怀抱。怎样做成一回春天般的凄寒，使我忧郁地发誓：她的心与麦子一样远。

远的是燃了烈焰的雪水。远的是被割裂了手与花朵的盛开之水。

哦，爱人，我想起自己寻觅的水，像是越走越远了。

二一

曾经追赶似水流年，将微笑带给你的妻子，以目光顺沿直泻而下的旋律：色彩迷离，到处都是壮举。

曾经她虔诚地仰望返潮的记忆，她每回都在船舷上听到你的桨声。

曾经。你变成地下的鱼鹰了，水中的深浅不一的鹰。

二二

去叩响长高的鸟儿的歌声吧。

去叩响写着格言的月亮中的树皮吧。

去叩响绿的毛和厚重的书签吧。

它们以庄严和沉默烙印了我们，它们以操着方言的界限生动了我们。

绘声绘色的熟悉的木门，你在关键的时刻打开。

打开，你匍匐在我耳旁，你让我相信了石头与书的分量。

二三

来自苍茫大地，来自腹中的愿望与石榴花。

它们善良地解释着，将自己置于其中，它们跌落了又起伏，似乎是在体验什么，叩响和穿透什么？

落日，那些乌云下的花朵，时刻盯住你的终生。你举起一只手，在它们面前晃动，一簇一簇像是塬下的忧伤，仰面瞩望着自己。

我理解这些被染白的故乡。

故乡在我的棕色的记忆下失却了琴弦，而用美妙的歌，顶住了无数双陌生的古老的眼睛。

和细小的牛和马。和细小的鸡和羊。它们多么悠远而宁静地站在我们的视野里。

二四

哦，那露水沾满她的嘴唇，潮润她一起一伏的呼吸。

她听见什么？她知道阳光就在前。她一直走进去，听远处哑哑的喧声，和正下着微雨的音乐。

握在手中，窗外有风，她却十分安静，仿佛她亲口告知我一样。

而你不要奔跑，走在真诚与微笑的歌声里，那该是怎样的肖像与温柔，伏在她冰凉的肩头。

我谨代表那倾听的石头，栖在苍茫与沉落的背景之上，啄食所有身内的体温。

二五

那么，你别忘了覆盖孤独的圆石。

那么，我来了，也该点燃风干的梦境。

那么，光滑如洁的月亮，你生于我这样的年龄。

那么，鹏鸟传来深幽中的浓缩的命运。

二六

在奋力地搏击。在修远地嘶鸣。在沉重的鼓声中奔波。

她的一生都在奔波，那橡皮船驶向大海，那盐分凝练于干涸的岸上。

我讲的都是内心的实情，我讲的都是不可回避的梦中的景象，我愿意告诉她沉默的根由，来自许多个黄昏后的夜晚。

独坐在那方泥土上，她流着焦灼的泪滴，她不愿意让自己知道，这幸福的伤口呈现出暗血。

而被散漫地涂满，隔着我的网一样的欢乐，隔着我的金碧辉煌的宫殿。

我不是王子。我只是穿着白色的饰物，手执银色的宝刀，想着那些辽阔的嘶叫。

二七

理智的你呢——于暗示中释放了温情的延展呢——

诚如浩渺的水面，多么平静和无纹，多么缤纷和高贵。

这是我所不能忘怀的，你处在灵魂的远方，仅以选择的方式憧憬生命。

那一棵大树，谈吐着明亮与抽芽的嫩绿的大树，从你的心底升起陶醉。浮在天空的深处，你有不尽之路与播种之激动。

从我到你，爬上俯首生命的心头，缠绕季节的声音回旋不已。

那是什么：那崭亮的灯呵，那美丽而神秘的黎明呵。

二八

远在他乡，等候心灵的雕像，沿着幽深的大河，追溯冻结的灿然的语言。

那乡音在视线以内，可以透视和感悟的。望着一个又一个鲜嫩的风景，她伫在流淌的音符之下，闪烁着坚韧的神色。

她从复活的岁月之悠扬中，得到永恒的美。

那难解的梦呵，蓬勃而旷远的乡呵，我们的母亲走在其中。

可她在日渐消瘦。她把脸部的纹路深埋于黑土之底层。

风雪之底层，母亲牵起我的手，她觉得掂出了我一生一世的分量。

二九

从此，你悟出几千年的目光，何以衰败凄凉和繁华。

满目的铮铮——从此，都归于埋葬的灼烫之中。

从此，远去的历史、富贵荣华和内心的空宁，铭刻在无限的誓言之上，无限的位置与引燃之火种上。

每一天里，从此漂流浩宇之形象，奔腾不息之涛音，你该是挚爱的拥有和开掘者吧——

你以智者的形态告知我，这仿佛是一团怎样的白与雾。

三〇

这仅是她的猜测，你听那旋律多难平。

缀满的箫音刚刚开始，缭绕遥远的意念，冲击浑厚的语音。

我想，让我吹奏好了。让我逝成传说好了。

浑圆之声呵，一支谣曲竟荡漾着如此透彻之音，你让我如何入眠，你让我如何在偶然的记忆中，背井离乡。

走向深处，与你同在，与她同在，而最终与感动的箫韵同在。

这仅是我的猜测，我听那深处，轻轻地哼着无涯之歌。

你听那深处。

冬鸟在飞，明净而纯粹的阳光，直奔那苍苍莽莽的深处，直奔那繁衍传说的深处……

辑二

在北方

饮月光的羊群

我找到一群饮月光的羊羔
一条意识的河流上
一片枝叶繁茂的夜的山坡

某个瞬间，我找到
牵着羊儿的少年
在陕北，倾听驰骋的脚印

黄昏的琴键从月光中脱颖而出
我找到牧羊的自由
以及青草丛中跳跃的光线

在十月，把盏狂饮的羊群
醉倒秋霁和霜露
依旧是月光下的淡妆

北方，北方
抖落肩上的尘土与夜色
我找到梦中的羊儿在独唱

凝望南方

当我沉浸在异域
一个对峙的肖像里
我的亲人，以热情的声音掀开生活

“不找谁。我找我自己的过去”
像清澈的角落
随江河迁移
一千零一夜之后，无穷尽的寻觅
凝结在岁月的箭头上

“不找谁。微笑浮现于花朵
春天的背影总驻扎在南方”

南方确实很美，并且曾是我
梦中肖像的故乡
你看那阡陌的云烟和距离
竟将珍稀的冬雪幻成光亮

我愿意这样
忠实于祷告的活力
将空中的灰尘抛开
将肃穆的眼睛根植于永久的凝望

大雁塔

曲江的水绿了
引来一群争食的大雁

雁群穿越荒芜
在唐朝的时间和光芒里
垒塔相守

多么雄壮　歌舞升平
然后在藏真经的楼板上沉睡

入眠后大雁们重逢
入眠后塔身向曲江倾斜
一千余年
于纷争的夕阳里闪耀不止

大雁之塔
被水围困得太久
才预示其欲望中的飞

大地沉香

我手捧唐诗
在花蕊里行走
引来一路高贵的蝴蝶
一路上。我的诗歌被争抢
四处飞扬

青藤般萦绕于纯净的高原
在暗红的黄昏
以开花的礼物赠与
用玉砌的光辉举杯

是玫瑰。和芳菲的野菊
使大地沉香

我看见那亭廊边上
鸟儿健康
在巨大的花园里
正被唐人的高音吟唱

点灯和抚琴

一棵隔世的草
点燃唐朝。一棵长着麦粒的草
留下了远古的音韵

还有一棵
旷野上的草。飘散在风中
将繁茂的绿色
衰落于琴上
仿佛就是一千年前的手指
抚弄琴。在月光下支起
梦中的水声

被八水环绕着
一直到今天。独自点灯的童话
宛若日出日落
创造宁静。撑开温馨

在唐朝
我们彼此轻轻地抚弹过
在唐朝
歌舞升平。鸽子满天飞
飞得我们爱不释手
把盏上蓝天

养竹记

竹啊。越过冬天
和年代
越过八百里秦川的过眼烟云
被贯穿世纪的雨露和风滋养

在东亭。一根荒芜的缆绳
握住它
繁殖着梦乡中的细节
它的孤傲如同迁徙的候鸟

每一节生命的南方
都长着一片最纯洁的家园

高风亮节的命运
被真情移植于深厚的黄土
被诗意的劳作滋生出
春天般的笋

我们的每一次爱抚
都源于歌唱哺育
在东亭养竹。被旅人的经验展示
高尚和艳羡的途中

常乐坊

沧桑一万年
还是这片三秦的徽记
焚于岁月之火。不是城堡
不是奔波的笑容
和淡漠的水土

向我如茵如荼地绽放
向我。一个真正的秦人
站在风景的边缘
作为俑者的坚毅
或长久。我已经走进开阔的时间

慢慢靠近
一片青砖红瓦
如隐秘的亲人告诉我
微笑着
把深入黄土的呼吸品读

那美好的天高和地远
曾被悠长的唱腔剥认
那撒向雪原的窖酒和髯须
曾在驰骋的情节里
酿出报答的阳光

城市之冬

城市静悄悄
一只带花点的褐色蝴蝶
张开可以分辨的翅膀
像旋风似的飞驰
像凹凸不平的树枝上的绚烂光点
抵达冬天的边缘

它来自秦岭山脉
无法克制的思绪铺满天空
享受沙沙作响的草地

头垫在城市的青苔上
隐身人伴随着森林猎人
在平静中步入大街

热闹非凡的城市里
一旁的人都流露出土地的气息
仿佛第一次见着漆黑的猎物
在这城市的中心高悬

慈爱凝注了时间
所有徜徉的自由像月光一样普照
它安睡在城市的街头
梦见一条僻静的路径

多少年后面纱掀起
稠密的声音惊醒它
冲淡了浓烟滚滚
和茉莉花的味道

在秦岭荒芜的厢房里
有种恍惚的感觉
泥土像雨点落下来
构成古色古香的城市一隅
这中间的人们身穿皮大衣
在受冻的时候想起虎头鞋

它小心翼翼地想到
城市的冬天就要来临
住宅的窗玻璃外蒙了一层霜花
城市的冬天源源涌出
照亮一条条洁白的街道

相聚

有如减轻的皮草
覆盖的丛林长于根的末端
你劈开这段距离
嘲笑海水和淡水　喝它们
开始面对自己的骨髓流动
挤压它们　剩下最后一个

冬天　钳　马奶
草的生成使一部经书发霉
大如鹏鸟
深入雪的内部
倾注的距离和归乡一样

满载而归
你被远方的岛屿刺激
猛烈的海中岩石填充头部
太阳只看见你的流亡

那就是大地　大地
诗人守望的故乡以马为首
只有粮食显示出灌溉
风调雨顺　野雪纷飞
你守望农作物的中心
用民歌手的方式呼喊苍穹、苍穹

马没有狩猎的表情
沉默的火　坚实的火

没有人能在高原上拉紧弓箭
你在一边喊叫
马同时从中间飞腾
离弦的种子从天而降
一片曙光驱散藏身之地

从北方返回故乡

故乡有一种白色的草
返回的时候天色明净
在水边　我孤身一人
路程在摆渡中缩短
我的故乡　岸是一种气候
我的身上残留着它的润声

从北方返回
孤鸟的鸣声　鸣声的回落
唤醒漂泊之舟
我的梦啊
寒冷的接近冰层的气息啊
火车轰轰而过　路轨稳沉若床
只是一个伸展的片断　走回去
走回去……
一个孤身一人抚擦脸部的片断
我的乳白色的故乡

那记忆升腾的故乡
那用浇灌植满纷繁之草的故乡
踏在我幼嫩的脚底
割破一条血脉
使厚实而轻绵的印象
浸满淙淙不息的汁液

我风尘仆仆地豪饮
那故乡……
那冒着亲人体温的地下矿泉

在树与土面前

深深埋葬土地的根须
埋葬年复一年的日子
让我回想到历史里
那堆沉甸甸的黄土

雨水流失了
就像那些忘却的痕迹
混合在土墙里
成为裂痕、古浪和风沙
成为很久以前
这里荡漾着的那片汪洋
我站在这首古老的音乐前
土层成为流动的诗

这诗便逐年间漫延
向墙上墙下
向老人们苍然的脸间
而深皱的树干
就是这北方的时光盘

树根不断地弯曲着
探伸着　猛然间
触及我眼睫
天空于是明亮起来

像我明亮的眼睛
进入失修多年的窑洞
霉气与湿气
让我习惯在黄昏时
走向独树的山头
看不时刮起的黄色风

那些蜿蜒的风沙吹过来
吹过村庄　吹过
村头那棵断根的槐树

走过黄土层

今天　雨后蓝色的天地
云与泥紧连着
我们走在软层的土上
欣赏庄稼
欣赏别离的生命绿

但这不是最后的时日
这仅仅是成长的季节里
我们找寻的烟炊声

时光站在屋檐下
等候五月的第一班车
望着深山里
那张油绿的背脊
目光穿越黄土层
从这里出走
从这里撒开清晨的网

回想起昨夜里
清晰的雨声遗落在窗前
想起风萧萧
把麦穗吹向很远的土地
来到晨曦的村前

五月的开端
便从这平淡的云雾中
穿梭出来　长出串串露珠
荧光闪闪

一股土味的流束
穿过天气清爽的野地
那些树根和肩锄的人
过着日复一日的生活
在这古老的高原上
缠绕着　延续着

社戏

土堆　人接着人
面孔是点
是黄色的灵气
渗入悠远的唱腔

灰色的一片
上下五千年

戏在楼中
在空中
那张张惶惑的脸
透着秀气和悍气
急切中
向四处张望

秦川八百里
人接着人
戏　接着戏

流淌的冬天

曾经　你在冰天雪地里融汇
你黑色的液淌在土地面前
淌在枯燥的沙泥上
你的源头出自白色的冬季
啄食水中的孤独

曾经太阳变成一块紫色的花瓣
在你起伏的胸前生长着
岁月从你悸动的双手中捧起
摸伸到冬天深处
危险的花期从此降临

岸土上
你棕色的眼睛紧闭
也许你的目光被冻结成冰了
又像雪那样一层一层化去

这冬天由此而流淌
你的眼间充满孤单
流在你敞开的身上
然后在夜间紧紧裹住你

你的河谷和你的岸一样
在孤独的流淌中渐渐疲惫

随水而来的鸟的叫声
正为那冰冷的节奏滑行而去

河流啊　你冬天的行踪如此苍茫
好像那些冷色调的
带雪的风景
从此不再复归

北方河

你流过每一个季节
并在季节中注入历史
注入翻腾的海
那时你就变得宽敞
你光亮的脊梁
背负着这块沉重的黄土地
走在苍然的面容之中

许多人饮过你的水
为你拭擦过磅礴的眼泪
你的呐喊声
你为生命的运动在那里歌唱
在那里不停地奔驰

那时你就向往冰雪
你像冬天那样将它们串起来
而成为你自己
你知道是北方在流淌
是那些溶化了的命运
在一次次成为泥泞的表情

如今这一切都凝聚了
你在强光的直视之下
变得生动而艰难

遥远的牧歌

一

一种深情的声音在传播
在黄昏的帘幕前
辞行你们眷爱的沟沟峁峁
踩着牧歌节律　散开

朦胧月色　在你们群居的山前
像音乐的潮水蔓延
那圣洁谱成颤动的曲子
在绵长的卷毛中漫步

夜间　你们轻漫的脚步
踏出了诗和音符
遍洒植被又让植被生长
在遥远的塬上　寻迹青青芳草

二

是那遥远的游弋
去迎接一场饱蕴的黄昏
是这冷落的苍茫
在草的深处聚合
山林如土　如同那道

灿烂而疼痛的亮光

这是一次阳光的征途
太阳被埋葬在草原和羊群之间
黄昏闪烁成幻景
在一个个归来又离去的脚印中
找寻平宁的土地

而在遥远　歌声在放牧中沉醉
那冬天的寒山诗一般飘忽于夜
弥漫着整个季节的真实与纯洁

过去曾经躺卧的山坡
便在风雪之夜微笑着
每一份贴近远方的命运和忧愁
都在溯沿月色的途中昂奋

老城

就像那些恍然而逝的冷色风
这座城市在喧嚣的人们面前
静止下来
断断续续地生活着

古老苍白的墙伫立在河床上
睁大枯竭的双眼
有时候望眼欲穿
躲在垛口里射箭
很远　很远

从黄色的深处走向你门前
没有任何人拒绝经过
一切都自然而然
印在青色的草丛中

除了那些青铜时代
被你一页页破译外
月光就开始纷纷洒落下
罩在你横卧的躯体上
很久了　你变成一些长矛
　　和盾牌
变成有血有肉的马啸啸

你的四周便被夜晚冻结着
就像夏天
阳光一样冻结你忧郁的影子
很久很久了
在紫色中充满哀歌
布满一代又一代人的脚步
匆匆而过

在人们的踩踏中
你见到许多长眠的魂灵
与季节风雨同舟
有时在梦中燃烧
不安的声音变得膨胀若水
若这一切虚幻的古迹

谁为你唱响永不复归的挽歌
谁抚慰你疲惫为土的泥河
几千年前
听你连同北极的冰山
疾走于通宵达旦
而此刻你被凿成皱褶的碑记
凿成城下听戏的老人们
颤动的一生
　　血腥的眼中漫长的沟壑

谁　将为你而歌

陕西这个地方

陕西这个地方
黄土和泥尘卷扬在空气里
与渭水、黄河和逆流
或数千年的传说
数千年的寻找　数千年的仿制
和断言
被任何一种是与不是避开

像诗一样的孤独
韵律在一月至十二月间跳跃
这段时间中的风水
流向或吹向大地的坟茔
土在地层里伸展
时间在沉睡

陕西的夜长达数载
高原的镰刀高高举向南北荒山
树根在进化
与世纪的鸟住宿的地方
远离夜和方位

它们从延安
到安康
其间那条白色漫长的路

被嘹亮的秦腔铺满
这声音漂泊了八百里陌生
却在栖息的白昼里灼热

窑洞和炕被灼热
整个陕西
被灼热
陕西的眼睛生长在玉米和麦子里
转动在自己的西北部
七月用树干敲打熬煎的眼液
冰川、阳光和银色的水
来自古老的年代

咸阳，阐释和我

我想起咸阳的时候
渭河在坚韧地呻吟
我像茶一样问候它
借阅它奔走而疼痛的柔性
那污泥　隔着整座城垣
向我诉说美是那段
金戈铁马
那凄然的哑铃
不再是受伤的深痕
执琴者相随在咸阳街头
他们手中开出一朵花

渭河流到我偏爱的地段
平静地照亮我
那贫寒与凝神的姿态
昭示许多深宫轶事
那是我遥远的兄弟在饮一坛子酒
他深居简出　随芳醇作古

郁郁醇液渗透花蕊
咸阳你长满了青苔
被所有逝去的雨或雨季
冰凉地装扮　直至
带走澄澈

带走踽踽而行的穷尽之渭水
请听一些遥远的狰狞吧
上游就在这时候被丈量

面对盛开的花
面对拨着音乐的幽邃之弦
我额前生着数道淹没的壕沟
我走上咸阳的街面
满身浑圆而涩苦

乡土

有一回下雪
想到乡土
我的布衣的口袋里
盛满泥土的真态
乡土　该如何生存呢
崇高和灵透
覆盖在雪之下
在逝去的冬天之下

我始终被感受
黄昏前　我用力敲击
得到纯净的碎片
抛撒向天空的碎片

白色只是征兆
当它们成为西部的荒原
当它们被人看见
插入内部　我生活在北部
像一株株植物
消失在乡土的北郊

这是条奇特的路
太轻　而双脚沾满淤泥
在上面接受风暴

我的耳朵一天天完整
听到悲哀的山区出没不止

在遥远的荒原深处
我是位闯入者
乡土下雪
乡土见过矫健或瘦弱的音节
闯入威严的年代

我回到北郊的西部
凝视眼下的土地
覆着大雪　一直朝西

高原写意

我未亲眼见过昆仑
但它的月光拖着长长的射线
抵达我面前的山坡
像漫过堤坝的洪水
浸泡着我的想象

茫茫高原
在高处悠然放歌
歌声在远处飞
我的眼睛在近处搜索
歌颂光阴的歌剧

开篇　即被豪情渲染
昆仑之子登场亮相
畏惧生活的人
内心激荡

昆仑之子露出率真模样
周身都携带着高原的光芒

雪原

帕米尔的雪
并不孤单

圣洁天际
便是温暖的
节气

雄魂

跌宕起伏的蹄声
从何而来

高原浩荡的气象
从何而来

万灵倾听的视野
从何而来

时间前行的旅痕
从何而来

原野

旷日持久的目光飘落在山塬
它走得漫不经心
但将鸟兽们都惊跑了

这天晚上月亮升得很早
它深一脚浅一脚
快到尼泊尔了

飞

我听见翅膀的鸣叫
迎着风萧萧

我听见飞翔的心跳
鼓点一样环绕

我听见天上的太阳
躲进了时空隧道

我听见星空扬起雨点
嘀嗒嘀嗒打湿羽毛

我听见鸟儿在追逐
黑夜不笼罩

我听见画笔吹口哨
气宇高昂入云霄

镲

这个晌午像黄河的波浪卷曲着
高原上的一声声巨响
排山倒海滚涌而来
音符奔放在尘土和山川间
浩荡之势有增无减

金属碰撞的铿锵
把世间万物的听觉都唤醒
把心里的龌龊和委屈都驱逐
把头巾和羽毛悬挂在高处

浩荡之音律啊
割破了黄土地的坚固
比心胸还要宽大
比岁月还要久远

壶口瀑布

一

守着一尊古塤　将云空推远
守着丰腴而遥迢的圣韵
水溅至高处　水在这个时辰回归

瀑布啊　阳光浇灌了所有的描述
在夜晚点亮磅礴的倒影
在清晨即点燃彩虹

乘上雷音　我就是乘着民歌的马儿
轰鸣的母乳沾染在岩石上
紧紧地绑束了大风的心脏

被喂养的黄土　依偎着
仰望生命的情节
于鲜活中渴求蹄声
朴素、善意、奶香不断

摸着岁月的跨度俯瞰
一盏从河床的歌喉冉升的春灯
我在壶口等待浓汁涌出
……光焰在颤抖

二

满天的星斗覆盖了视线
多么真切！大地之门已经开启
我掏出苔藓种植诱惑与空旷

清香的空旷　饱经风霜的花朵
悄然低旋在水与酒的纯度间
大地狂啸着　埋满了迎风的磷火

那是翠绿的春天之火
那是遍布迎送的时光呼应
那是一尘不染　压住我血管的脉动

粗犷的时辰啊　鸟儿站在河滩孤鸣
即便是疼痛的一刻
大水也铺天盖地掀起云雾

掀起创造与悲怆中的洗礼
印在我暗红的心头　像刀锋一样
深入汹涌　还原一望无际的烟尘

三

我以捕捉的感觉靠近
我的归途尚在远方　我的掌心
被大水分离成沸腾的断章

让它们滴啊……有时更像静穆的注释
如明净的洞察　让它们挂在
涛浪惊艳的珍藏里

那一壶圣水依然是晴丽的光影
……自天上来　筑起飞越的屏障
像簇拥着疾驰的马匹

奔流中　我难以分清高原扬起的距离
这儿遍地都凝结了血色的照耀
这儿岩石坚挺　黄土紧连着家园

我用一生来正视这尖叫的山水
坐上一段埙乐　坐上这不歇的哺育
和绽放　我真的醒过来了……
独享着大水中不绝的嗓音

黄河的巨浪与回声（组诗）

1995年9月15日，钢琴家殷承宗先生在西安交大青年之家音乐厅，举办《黄河》专场钢琴演奏会。

咆哮中的洗礼

早在这以前，我们就站在黄河岸上
在咆哮中受到洗礼
在无穷的音符中步入壮丽

早在这以前，我们肩上就勒着一根绳索
粗实而厚重
牵引着一个民族远古的梦

这黄河的演奏
不是浪漫，或仅仅的凝重
我们在奔流的语言里表达青春
这是一个世纪的遭遇啊
或告诉我们，在岸上
还有土地与绿色植被
还有与水土一色的皮肉
同样悲壮

奏响的，何止是意犹未尽的憧憬！

·

在我们力量与力量的逐流中
还有爱情
将会献给所有的母亲
高尚而纯洁，充满了东方气质

还有一支桨，开始划动
五千年的板结
作为船夫，早在这以前
就将一身的血管刺破
滋润黎明
献给涛涛之大水

还有，整个民族的船歌
唤醒了生存
起来了，遍地都是声音

溅血的风暴

被溅血的风暴
恣肆的荒凉
铺天盖地
刀枪已插进内心

可是我们，被烈火烧着
高昂的头颅
被逼进了愤怒

我们这一族！

在河床铸打倚天的巨剑
刺上去
杀！
所有的仇恨与眷恋都光芒四射
岸边才会开出长刺的花

这绝不仅仅是风雨落下
母亲啊，不屈服的土地
抛弃苍白无力的挣扎！

协奏与合唱

来啊！来啊！
紧挨着正义与信心

来啊！来啊！
在所有的起火的季节

擂响轰天的法鼓
擂响沉重之外的春天

那是我们自己的家园，母亲
那是我们唱歌的田野和山林

遥远的母亲，请让我千里奔来
站在你面前搏动真心！

来啊！来啊！
用鲜血去夺回阳光，用如铁的生命

保卫你的形象，母亲
随着浩浩的潮水我们来了

携起手来走出青翠和安宁
把战火硝烟化作一排排悲壮的琴键

来啊！整个民族来协奏
千千万万个同胞大合唱——

保卫黄河——用无数只刚直血性的手指
弹奏祖国这个神圣的乐章

浪花奔跑着

歌颂你，是因为浪花
奔向大海
你的脚下沉积了
多少春华秋实的岁月

因为和谐，历史的回声
在宁静中澎湃

静静地
我们倾听你母性的殷实与光彩
到处都有天空、不朽的生灵

以及哺育的情怀

譬如那长笛
那刀，那滚滚马蹄和那弓箭
都写在你新鲜而丰富的脸上

那时间，那旋律中的欢笑与泪
以及那永恒的民谣
至此，有力地飞来
弹指间
一个个英雄跃上浪尖
并由此向东，向东

仿佛隔世的激情
涌出今天
放在你生命的沉思里
仿佛呼吸
震颤着大地的神经

歌颂你，用这无言的张力
在九月的孕育中
我们奔跑着
世世代代，掠过东方燃烧的风

致西安（组诗）

半坡

浐河的岸边，挤满了柳树
泥土以凝固的站姿
烧制器皿，饲养一盆花纹鱼

在埙乐的关怀下
虚拟一次狩猎。柳荫遮住了
无尽的追逐

这正是塑造天籁之音的
高声部，不需要语言的
向阳的居所

夜市

一个人的印象，在傍晚
挂进城墙上的灯火里

看到夜市，春天的收割机
还远吗？
春天的秦腔就在身边
和着扯面、酸汤水饺，还有肉夹馍
唱得天空孤寂

人却在失眠中忆起温暖

走在东新街上，像很多年前
走在橘红色的流云中
我在春天的门前……喊着
雨水的丰厚报偿

一个人对粮食的印象，悄悄地
驻足停留
那戛然而止的蹄声
像遥远的兵阵惊遇风
被风吹进铸铜的烫汁里

一个小时：孕育一段美好的睡眠
一个春天——
从黄昏的钟楼上传得很远

“我的背影有些松动
我藏在你的身体里
收割土地的愿望”

端履门

我的步履和言辞，多么沉缓
我的聆听已在清晨醒来
我的梦想的尺寸，在昨天
垒起这座面相庄重的城门

穿过端履门
一辆三轮车和另一辆出租车
在风里辗。在汉瓦当的图案里
风雨无阻地碾

现在，表针直指拱起的空间
像电流一样传递
我看到许多精灵，和竖起耳朵的
碑的森林

旗证街

你要证明什么？看看这些年
一条街充满了发芽的声音
和生活对话
和锉刀、铅字
激光照排、丝网印刷对话

你要证明什么？所有的店铺
都在感受着成长
像岁月的名片
镌刻在一块化石上
像被人们挂念了很久的广告词

你要证明什么？如果天空中铺着沟壑
被经久的视线触摸
时光的倾诉——从此
完整地嵌入老艺人的脸上

你要证明什么？或是
纷涌而聚的油墨
带你回家
飘洒在那个老地方
绘出一条长了翅膀的街

铜车马的时代（组诗）

奔跑

我们被告诉
路遇春天之前的野草

路遇大地，我们喜欢高速度的
光线
我们盯着一段狂奔的距离

回到过去，让我们的长者
在楚河汉界前
思索着缰绳的历史

第一次，空旷的原野上
落满了声声马嘶

我们被告诉，方向
因瞬间的永恒
犹如迟暮中卑微的身影
懂得火焰、深水和苦难

对于另一个夜晚
细节中的时间
我们不再恐惧

铸

苍茫中的声音
飘过来，飘过来

苍茫中的声音
忍受着岁月结实的涟漪
在冰凉的嗓子里
火光对着白露呼吸

因为夜里潜伏着闪电
铸造和镌刻都是尖利的
我们的心底，比夕光更充实
我们的呐喊，不是漆黑的

……还有铜的丰润与暗绿
还有殷实的魂魄与凶猛的沸腾
照亮了深处的黑暗
照亮了驿站旁流逝的时光

流水和垂柳

我们坐在
春天的垂柳下，我们坐在
垂柳的凝视中

一去不返的流水

经过树的掩体
向我们致意

我们是铜车马时代的
隐士，我们居住在
最成熟的心灵里

围绕着那里的一切
清澈的春风就是我们的面庞

我们独自坐在
流水和垂柳的语境里
低声私语，来呀

来呀，我们在正午的阳光下
想象那一去不返的
……经过

陶

它是那逃逸到远处的
静物，它是那
居于秘密情感中的
深奥和安详

窥视之外，它摸索着闪耀的微笑
它赐予泥土永生

而它一直在压力的围困下
漆满了斑驳的彩釉
它的快乐是那个时代的
隐私

后来，乳白的月光掩埋了
一切述说

一件远古的陶器
才是大地最亲爱的伴侣

一座村庄的冬天（组诗）

剪纸

泛着红晕的意象，移来青春
在剪子的行走里
就是璀璨之中的恋情

移走宁静，膝下的命运
渴望涌聚而绽放的潮水
完美地结合于
窗前的微笑

窗花在冬天的早晨
醒来，它是鲜嫩的芳容
给真实戴上美的桂冠

是啊，那泛着害羞的红晕
回报着村庄的荣耀

仰卧在炊烟中，漫游在
朴素的脊背上
依附着，一些记忆或伤痛
一些晴朗的天气或感慨的故土

它的翅膀，在刀刃的关注下

温暖地铺展开

大雪

迎来生命中的大雪，冬天正浓
这一切都是大地的神话
彻夜响起，灵魂的乐音

风吹开了
一只羔羊的安眠
风吹开了
显露天空的眼睛

是谁赋予大雪花朵的美
这纷飞的纯洁
比任何欲念都更和善

走进大雪中，走进
无以比拟的世界
那样的冬天像个淑女
带入红润、带入赞美、带入
不衰的乡音：孕育富足

雪啊，比我的一生还漫长
雪啊，比我的视野更宽广

是谁，更近更轻了
好比沉默的渴望与使命

悄悄地飞了起来

树的迹象

种植的背影，渐渐长成
我一生的诺言

这是我栽下的
这是我承诺的

白皑皑的雪覆盖着
整棵树的梦幻
注视着，一座村庄的心迹

在冬天，我的声音都在弦上
等待阳光的生长

在冬天，树的声音都藏在寒冷里
撞击暖和的轨迹

这是我想象的
轻盈的诗篇，这是
树与冬天约会时呈现的
踪迹与分量

树其实离我不远
在村庄的履历里
被记载成一个摇篮

回望

请看，黎明带来的故土
持续地落在目光里
请看，曾经走过的田野
已划过一道妩媚的弧线

冬天是流动的
近一些，我已看到堆积在泥土中的
满天星斗

近一些，降临的何止是惦念
与期待

回望中的村庄从来没有忧伤
回望中的村庄
把时光钉住了，把泥土钉住了

我却沉浸在一只鸟的思绪里
徘徊在村口的温情里
我听见，正被揭开的晴朗

辑 三

翅膀下的风

月光下的巷子

一丛夜晚的芦苇
长成巷子
在月光中被越拉越远

过去的时光
铺陈于花的表象
“墙在美的这一边
墙又在小径的另一边”

月光下的巷子里
听不见嘈杂的市侩声
只有斜长的影子在道晚安

晚安，巷子
我被你纯朴的形态牵引
走上通往寂静的情床

鲜花

生着雪的冬日
很难生着鲜花的情绪

我看不清距离
一簇簇白色飞在四周
如隐秘的使者
寻找暖意

那便是冬日的鲜花吗

藏在中午的花园里
还是被阳光隔离了
藏在邂逅的遐想中
还是简单得省略而去

有如深夜
一个鲜红的幽灵附着在
悠悠荡荡的梦里

蝉

蝉总不易被发现
它蜕去的躯壳
隐藏在浓郁的绿茵中

蝉在盛夏鸣叫
高调的嗓音奔腾而来
不是对丛林的赋唱
亦不是对时光的呼唤

我真想唤住一只
高调的蝉　喊它去秋天
远离嘶鸣的尘缘

林中之蝉总不易被发现
即便中午时分　它鸣叫正欢

在路上

这一次请脱掉荣耀的掌声
穿过山峦和沙漠
所有的深处，呼唤着力与慧的联姻

在路上，我的姊妹
涂染了山茶花的手指
移动着，指引欲念和感觉的天平

在荣耀的掌声
终极的彼岸之后，须越过高檐
仙境的诱惑、月亮以及一条燃烧的流水线

直到现在的蓝天
转眼间犹如淹没了歌唱的疾行
姊妹呵，请赶快避开

这一次是我挂旧时灯笼的记忆
一个凝望丽人的风景
繁盛的诗句曾一度起于花开花落

我便是那树，喊着自己远去的乳名
我发现所有的名字都会走
或跨过匍匐的侧影，轮子一样朝前碾着

风筝上的等待

在风筝上等待　你的身影
穿过一座罩着霞光的花园
这段距离　穿过
你送给时间的独语
惊醒昨夜睡熟的花匠

要是甘草被栽下
捡起被遗忘的芬芳　要是
玻璃的心绪被秒针拨响
露水爬上了窗
这不是我一个人的想象
朴质的花匠　把风筝的丝线放长

花儿含苞欲放　就当我已寻到
你的灵魂和歌唱像流水一样
我浇的水带着光泽
我浇的水　被漂得很白很白

在风筝上等待　天空茫茫
你像鱼儿那样长出鳞片
护着生满青草的土地
滋养种植　用纤细的手指
摘去艳美欲滴的春天

那是我不能表达的　深渊
那是我定要给你的　飞翔

访问菊花

我的造访仅是十月的一个场面
从情结中来
探望十月的菊花

从至深的精神园中
留下来，我看到巨大的色彩濒临美好
一朵绽开的脸庞，溢出芬芳

不，还有随后的子夜
绽放的菊花
那样鲜亮，照明着四周的寂静

像是不久就会调零的箴言
我遇到一个完美的祷告
放下旅行，梦见菊花的永恒或标本

我的访问竟这样深远，巨大
随后的月份会摆脱猝然的孤清

现在，对菊花的历次造访
发生在雾淡雨轻的十月
“放下我，让我生活吧”
——再看看，十月的菊花

刚刚……

一根草茎在城墙根下弯曲着
而我忘记了这样的生活

一种意志或寂静的支配
突然停住，突然覆盖了短暂的

秘密。我仔细想一想
便去迎接那丢失的规则和范例

在这里，我相信刚刚经过的脚步
而那已不是白天的，或晚上的宴会

不管是否碰杯，我的眼睛里都有
透明的洞察力——

时常有人在草坪上漫步
在城墙根下目睹尘埃卷走是与非是

别的声音，别的房间

未曾预设的局面
沿着漫长的走廊抵达
房间的另一端　窗户清瘦
像时光的支架

像一尊雕像入画
传递声音和线索
一些观察者
开始整理情绪和想法

仓促中　别的房门虚掩
从墙壁到天花板
夕光投射出无边的硕大
投射出被遗忘的声音
像一棵树的目光
盯住　蹒跚行走的身影

房间侧面

即便在镜子里
拉开房门　剖开的影像
也不会兀立在夜间绽放

或是从房间侧面
触摸到探寻的本质
有时凝重　惯于幻想、震颤
像一条长满丁香的绳索

一个诱人的陷阱　被束缚
一盏烛灯　照亮飞蛾飞腾之夜

房间侧面　一扇敞开的铁门
撞开满怀的惊恐与虚幻
影像在古往今来的脚步中
慢慢行走

翅膀下的风

谁的声音能够穿透
水的骨头
白色的粉状物是羽毛
在接近风的地方接近我
而浓烈的蛊惑或欲念
焚烧了成群的诗歌

闪亮的歌神　屋檐下的歌神
避雨的歌神
去看那寥落的尘土吧
春潮穿越坚实的屋宇
包围它迅猛的泪液
歌神　和平穿过
多种飞奔的光辉穿过

命运就是搏起的心脏
那狂想的万灵
那宇宙的灯火
那轰鸣的狂欢的原野
青春的林地长久地滚动
搏起吧　回到奇异的棱角

那光明者和永恒者
扇动无限循环的浓荫

翩若惊鸿
歌唱　为山崖上的血
和血上的羽毛和肉体
在险境中　啜饮无限光泽

宽阔的神话呀
世界有两种飞翔的方式
它们来去匆匆
砍伐鹰　然后砍伐火焰
双眼和我腹中的石头

继续夏天

我拒绝花园拒绝温馨的春季
我让歌喉融注野性的风野性的雨
在野性的洗刷之下
在没有花的草地上回忆泥泞
我的表情让你感到诧异
很多株老树因盛夏而长出浓荫

或者夏天更适合你
夏天的蝉鸣给你嘹亮的提示
我引吭高歌
即使你无法听到
那些冗长的夜晚即将远走
你的脚步从来就那般坚实而动人

你走向我　一个风雨俱全之夜
走在孤寂的郊外　夏天仍未结束

像夏天的草躺下

像夏天的草躺下
那块生长过无数眼睛的坡地
羊群在正午走过
倾斜的草在夏天流动
随阳光直视而来
朝你虚掩的视线
直至你赤色的裸足
足以让羊群沉睡千年

千年以前的夏天
太阳让草在这坡地上斜躺
让它们在秋天消失
又让它们隐藏在阳光里
或者被羊群尽食

或者你在夏天躺下
你的寒冷和酷热在草地里躺下
在苍穹的夜里
你一次一次形形色色地躺下

你的梦境
在许多个夏天荒寂的坡地里躺成碎片
夏天是一个想象撕裂的季节
微笑与险恶紧附着褐色的鞍

或奔跑　或远足
或涉及夏天的雪地

那是西部的许许多多个夏天
草躺在坡地上
你躺在草上

飞旋的乐章

一种冰冷的声音旋舞着
水一样的冬天簇拥着我
浑然中音乐隐藏了整个季节
曾经冰雪融融
频频花开花落

像是在冰冷的天空下欣赏自己
欣赏芸芸众生的风景
我的经历和爱情
让我温暖地注视着一切生命的到来
我始终在走
岸边喃喃的青草的呼吸
在悄无声息中四散而居

当我像潮水一样抚弄枯萎
冬天这场荒原的聚会
都变成流动的枝叶
那凄艳的部分深入岁月
而后一个个缄默地逝去

只是那些种植在身心的眼睛
被平凡的苦难缀满泪水
我不是在哭泣
我阴郁的肩头滚落尽寒水的眷恋

之后　我颤抖的手指落成键盘
晃荡中穿过飞旋的极地
在含笑的迁徙中弹奏乐章

冷却的歌园

走吧　进入这歌园
在寒冷的四月里想到冬天
你的脚停留在雪地上
一串一串
融化时你随感觉而歌
你的声音从冰峰上来
抚摸在我脸上
泪眼流成挂满冰凌的窗口
开向寂静的园子

我试想着放开歌喉
嗓音却被凝固
便只有唱在心里
周而复始　歌声飘落
像血液畅流全身
把我冷却

周围全是冬天的空气
这并没有什么不好
冬天能让我心绪平和
走到四月　只是未曾有的偶遇
未曾将园中的迷城化解

即使你匆匆来自冬天

或是夏天　被你同化了
你歌唱　你的结局成为我的结局
成为一种寒颤的冷却的歌篇

不会相信这是在冷却什么结局
你的到来便把我夹在其中
我想为冷却而歌
就像白雪童话里
所有的季节都在我淡淡的呼吸声中
谱成这首四月的曲子

来吧　为我冷却的歌园
唱寒颤的歌

潮涨之夜

我面临的并非是水
而是泥土与沙滩的血液
向下源源涌动
只有一个夜晚的时间
岸就从我身边消失
那时我失眠的泪水
在泥滩上凝固
又在涨潮的瞬间变柔软

漩涡的深浅
告诉我混沌之夜
竟然如此失色　如此泛滥
我被围困在岸与岸之间
四周满是黑雪

并不像冬天
只因涨潮的音讯起自河床
沉积的沙泥起自纯白的土地
海风把寒冷吹至夜间
让露水成霜

听那叩击的声响
是沙泥在流失中相撞
让泪水流下　挤向河口

挤向那些狭窄的夜晚

潮涨之夜
许多失去草木的土地
　　和失去土地的草木
在失眠中流下无言的泪水

雪之后

河被遮掩和挖空
被掀倒
只剩下填满风雪的世界
四散而飘

雪之后
人们的身躯被白色披挂
语言和想象都变得纯洁和透明
透明的河
在季节之前被岸分隔
遥遥相期

如此　会有朴素
和天真的诗歌

有关雪的事情
河面是块记忆的碑石
冬天以此为界

叩问

很久以来
你一直以自己的方式相伴
静止是另一种孤独
以腐烂的方式告别

离开和归来
都经过零散的敲门声
有时　你一半在远方
而另一半　在记忆中渐渐失去

叩击的圆石
用轻柔的侧面孕育生长期
植物在繁衍的问候中
分隔于不同的节气
缓慢地
　　度过

沉默中
你的全部被凝固
当寒冷的镜子
一面又一面变得真实
你触接自己
　　和反面

升腾

那个疲惫的晚上我留下整只手臂
用全部枯竭的草的力量砍伐自己
水草被翻来覆去的黑暗淹没
而我的脚印遗留着
明亮而宽厚地连接成一条路程

我那只断臂之手横牵着一匹幼弱之马
它不断在不朽的墓地里嘶叫
那个夜晚的太阳似乎濒临瘫痪
她灰白的光轮像轻烟一样往下沉
我觉得那时我该漂泊了
我曾经安然穿过一段夜光的普照

我漂泊的声音听起来很响
而那正是我处于禁区的缘由
某种渴望液体的感觉烤裂双唇
我只有在动荡的区域捡起一只蝎子
那褐色的寂静在陌生的折磨中摇晃
我沉沦的脸由此而凝视

在一片对峙的树与树之间
草何以得到荒水的漫延
我见到有一种源源不断的九月之火
在没有水的地方熄灭

野天使

长草的地方，漫着黑夜
和星光的地方
长着我的给予，赞美和具体、琐碎
从不复返，我的全部
现实的刻骨铭心的情爱
那细致而尖锐的经历

在野外，明亮了一些
在那些高尚的设想下
我怀念简单的声音，平静的声音
没有别的区分
在深刻的幸福中，在观望
和赋予的感动中
每一枚草被点燃，远离痛苦的回声

远离巨大的阴影，用歌来证实
用安宁的表达来证实
掠过这样的日子，在精神之外
慢而有力的注视
慢而有力的维持与依存
证实你的到来，从夜晚的野外
无限扩散地到来

野天使，掠过我内心的空隙

掠过一种空间的光线
白天的明亮的结构，来到永生的高度
来到流淌的热爱的言辞之中
从中穿透可爱的内核，鸟一样的思维
坚信和渴望表达

野天使，与我同伸入脚步之内
在那里，在柔软美丽的边缘
听我慢慢扩大

风继续吹

风吹在这样的夜晚
这样的夜晚，摘星的人
我找了自己钟爱的领地
逶迤的海岸风光
茫茫郊野和渔汛中的人
他们捕获，两艘帆船发自东方
光一样直接表露

花园里的质朴
被这样的夜晚引导。渔人
圆木上的构想
只有你会意其中的缘由
风在摘星，只身走在郊外

伴我继续，在这样的夜晚
风继续吹，吹到你：梦境成真
我找到了自己脸上的注视
总是一个方向

豪放的蔚蓝色的海面
风吹，一生都感到温馨的安抚
夜幕下唯你会意
那日归家，海潮般贴近

远景

在这里，我所看见
最北部的目的
阳光和空气。透过夏天的指缝
消融的雪，北部的冰
透明和晶莹

再高一些。面临雁阵
百年的歌：远比飞更为自然
冰冻的水的浆。隐于碧水一湾
雪花落地化成敲拍的歌

圣洁，那命脉是一片蓝色
水一样的感情
现在。熟悉的风铃摇动
唤起内心的平宁，那凝望
享受又红又柔的景象

在这里，一动不动的长桥
惯于聆听内部和边缘
我想。细致的梦想
布满眼睛的河流的亮相
已在远处巡逡

经久不息的探寻

凭灵敏的箫声，一盏灯一步步走近
冰不再是覆盖之物
我所看见。雁儿，你飞
盘旋多姿
那淡淡的声音，竟是耳语

最后的距离，在走近
第一个歌手和白天的路
选择一块地方
亲切地回味。来自北方的傍依
梦一样托起渐轻的身体

我所看见。这里的名字无限抵达
在最后，幸福得流泪

真实的夜晚

今夜无人
漫过笔端的痕迹
等我出来　写在手心
好些诗行都是公开而真实的
秘密　竟难以相信
这个真实的夜晚
热泪盈满双眶

我恐怕没有　身边的白纸
充斥着冥想
想起夜晚的另一岸

彩蝶　飞向纯朴的草地
和一颗徘徊的心
我在夜晚的真实里
以放飞的高抚摸明澈

我描述这些诗行
于黑暗中奔跑的轻
被你真真切切地听见
如同同步的呼唤
溢出流光　映在焰火上

映出这真实的夜晚

来到白纸旁　期待明智的狂想
独自行走于笔端
有许多情节挂满空中的树枝
还在等待　平稳朴实的手心
迷恋叮当的真实的诗行

最初的雨或仰望

来自阳光充足　皓白如雪
她在远行
到清亮的水域去
款款而行　献给鸟的树枝与歌
让我面容平静地拾起

河流　因雨而累积至今
她已深入许久
越来越近的植物　越来越近的雨
催生于情人的杯子中
以最初的怀念或雪中的润泽
渐渐游远　或仰望

一株旺盛的树木啊　长满歌声
滴满生动与鲜艳之舞动
于河水之外　我渴望返回的秋天之外
她来自覆盖雨水的雪
一切都在深入　一团香雪与轻盈的雨水
在最初的仰望中张开风韵

她显得温暖动人　献给鸟的时间
盛满缓缓而至的翅膀
河流里的事物萌生明媚
我选定最初的一次或雨中绿洲

仰望荒芜之地

看到坦荡的雨水
开凿的雨水　宁静得令我欣慰
那是许久以前手搭在肩上
丢失了雪和雪原里的蓬草
一个接着一个　抛下了

深厚而森然的晨光
使我仰望　最初雨中的跋涉
路过安详的河流
路过惊扰的尘世或尽头的鸟音
我告诉她　青草和无人的地方
隔着一匹瘦马
是棕色的鬓与悲吟之雨
那棵丰盈多年的植物　刚刚生长

在一棵树旁远望火山

在一棵枯皱的树旁
炽红的洪流爆发
黝黑的夜空奇异诱人
站在百米开外
我带着忧郁的样子
抵挡熔岩的碎片

所有的远景都是蓝的
我凭借黯淡的光
认出树下的东西
在那种天色下
火柱妩媚动人
山的谷口抹着口红
散发又黏又湿的蒸气

一座孤零零的火山
正流淌着内心的血液
染到天上
溅到树上　和我的脸上
使我怀揣岩浆和震荡

储藏在身旁的树下
埋于泥土以下
抑制的压力低降

红焰却朝另一片天空弧升
延伸至崎岖和峭壁外

这仿佛是与枯树有关的噩梦
险峻的火增添了我的年龄
和我近距离勘探的复杂性

但火山口的曙光
在隐藏的侧面膨胀
山峰和树一起催生
崩裂地散布于点涂的红
远望之下涌出的流动

海中的玫瑰

并不懂得带刺的样子
穿过你的眼　不懂得
那些带咸味的蓝色
成了海的一种

玫瑰的一种
东方的边缘和陆架
东方的溶解和铜像的竖立
鼓掌的人　个个都是航海能手

升起航行的风帆
前面是空　是空中的色和雨天
那飘着黑发的影子
是海中的马　浪迹天涯

人世间　一个奔走的少年
收集每一次涩味的风浪

潮水和云烟　无始无终
过往之海无边无岸
你当为之生存的花朵
浸入海马的腹中

地球日

春天　天遥远地黑着
但凌晨已爬上树梢
悄悄地等着　地球日
系着花草和芬芳
还有风铃传送的祈祷
越过时差　临空飞来

航程拉出长长的弧线
一道彩虹　在天地间盘旋

盘旋的地球　深陷于风中
世界的发梢被偶尔吹乱
但这一次　草又绿了
天空蓝了　花朵们依次出场
溪水从田间流过　滋润着土地
轻抚着惊惧　撕裂　疼痛
阳光中　还开凿了爱的途径
和真实的生活

如同过往的憧憬或回忆
梦里的黄花和麦香
留驻在时光的岁痕里　沿途绽开

春天　天际线从未困倦

遥远的凝望里　彩虹近在咫尺
快看　喜鹊也来了
就在窗外的树梢上跳唱

行走的人

倚着楼梯　下行
抵达人生的第一级台阶
她笑了

你问　风大吗
她忧心忡忡地回答
我摸着未来的手了

驰

在前面奔跑的人
看见自己的影子
飞越身躯
在风的诱惑下
红了脸

他的胡须飘起来
散乱了疾驰的步伐
他的帽檐
快要遮住炯炯的眼神了

这个不停奔跑的人
突然回过身来
拉了自己的影子一把

葫芦蓬

嫁接一个词
创造一个物

莲蓬在宝葫芦的睫毛上
傍着阳光冬眠
成群结队的莲子们
安详地跑开了

嫁接一个词
营建一个境

打开舞台上的扩音器
葫芦蓬悄声说
所有的植物都会歌颂
祈祷每个生命吉祥快乐

天边一朵云

那是天边一朵云
那是地上一盏灯
那是枯萎未灭的火焰

那是天上的山谷
那是斑驳的时光
那是凝固的生命的肤色

云影与松风

云是有重量的，风也有
一个人从这儿路过
云的影子，会想些什么？

一个人，迈着轻盈的步子
恍然间已至人世的艰深
听风，还是望云
缠绕几丝孤寂的闲情

一页书，就此翻过
沉默的言辞
可抵御流逝的时光
或是乱石的喧响？

谁在云中漫步
变成风，入松间畅想
山峰之上还有落叶心情
忘在了月色那一边

哦，不惑的年龄
从庞大的生命枝条上
跃过去，借月亮之亮
借时光之光
洗净旅途的风尘和疲顿

云藏不住云影
长在土地上，做心的居所

松挡不住松风
住在血脉里，听灵魂之声

云深影长，松挺风疾
就此辞过精神的故乡与异乡

平原（组诗）

想做临窗的英雄

我记得开始
只剩下最后的古老的仪式
走上平原。源于鸟的出现
森林的出现
我记得。我走过火光
首先凝出飞翔的羽翅
穿越的鸟。视线抹成紫色

我始记得
河滩上黑色的摆动
流着汗水。吞吐的力与无际的天空
源于远离之翅膀
平原上的翅膀。英雄的苦难的翅膀
冷冷地停驻在飞行之上

我还是如呼吸与脉搏的描绘
于早晨停息。简单得像死亡一样平凡
一样鼓在风口
看到自己成为英雄的模样
在追逐与阐解中
衰老的模样

沉缓的又是诱惑的
我只是想做阴郁中
临窗的英雄

逝马

骑着这匹马
以平原为家。骑这匹马
从内心戛然而止
在远处献身。翻身上马
尖利的蹄声遍及语言
以及所有诞生于路边的诉说

引起誓言。骑着的马
驰骋的狂热的马
在废墟的燃烧中出现
在拯救的距离里折回

那奔腾的怒马
双蹄进入村庄
扬起土地。散去一生的蜜与仇恨
散去平原的时代与灵魂

卷起阳光下的沧桑
在古老的翻响与破碎之下
我独自骑着这匹马
姗姗来迟。曾经疼痛和感思
以伫立的姿势走上大道

越过不朽。还剩下荆冠
戴在马的头前
像飞翔一样孤傲。像平原一样
追赶着它们
逝马。踏着粉碎的泪水远去
踏着沉重与纯净的战栗
脱身远去

盛开的花朵与锣

凝望盛开的平原上的花朵
敲响铜锣
久久地等在梦绕的地方
等待祈祷的余音与风吟

呼啸之声被感动
滴下柔情似水
被自己安慰。敲醒
入眠的时辰或浓的雾
它始终照耀。闪着晶莹的光

翻过一片大地
花埋在底层。竖在更远的原野
挥洒般盛开
深邃而执着地盛开

它在冷峻地敲擂着什么

紧裹泪水的浪子
步入平原。流过村庄
轻叩风的回音

执着敲锣的花朵。盛开的花朵
在至诚的玫瑰的尖上
涉露水而入
盛开着暗香的村庄

来自村庄的心脏

却来自我的心脏
却请我坐来。屏住幻象
却刺穿真正的闪烁的心脏

那一片竹林。仰首朝上
落在肩头。照亮在我来临之前
如此漫长的寂静
如此开在平原上的歌唱
这年轻人是谁。从土地里醒来
与我同行于赤裸的道路

这村舍是谁
烛火。萤火。流向村头的光芒
它是谁。平原上的钟声
迎头旋入内心的沉思
深如我热爱平静的蓝色
遇见过的草木的胸膛

迎我做客

做我的主人。围着篝火的平原
做我的主人。临烈焰而歌的平原

我想起这时的选择
以波涛为舟。听到同一种脚步
我的呈绽放姿态的主人
缓步而来。眼里充满火花的意志
听到一种脚步
寻找它。纯洁如玉的主人

你的平原宽广无边
你的静观升腾成石
临窗而坐。坐上白马
和盛开的锣或花朵
召唤我的到来。拯救挣扎的平原
有关孕育的平原
和果子一样悬于日照最高时

迎我到来
在那只被割裂的鸟的深处
在揉碎的灵光与琥珀的深处
我来做客。到处都是阳光
和村庄的沾满手指的力量
来自歌唱的平原。原始的匠人
和遗失了英雄的地方

辑四

素履之往

经过秋天

等于经过粉红色的智慧
重现路径
相安无事的秘密
像迷幻的凌晨，四点钟
太阳恢复的季节

经过强悍的童话
白天的纯粹与篇章
经过，你所讲述的记忆
迷失在丁香里的翅膀

一个起点，就在秋天
被风取走的心情里
被温暖浸湿了黑夜繁衍的边缘

经过呼唤我的泪
转过身躯，穿越挥舞的场景
火光在山坳上缥缈
好像我湍急的信仰缓缓游来

……我来了，经过自己的思念
目光被钉在秋天的墙上
呈黯淡的粉色

此刻，欲飞的月色
划着明智的弧线
被陌生人迎接和抚慰

那么深的季节

那么深的季节　宛如
深不可测的大风
拂在脸上
速度快得像闪电
心跳快得鸦雀无声

那么深的季节
事先没有叮咛
一切来得自然而默契
向着你的表情
你的疑问　上升，上升

那么深的季节
是一只杯子
即使像愿望那样被握紧
即使在梦中缓缓地审视
剩余的……又何其相似

那么深的季节　理由
在祈祷中一次又一次重叠
从夜里移走酸楚
以及诺言
从眼睛里掏出呼唤和月光

那么深的季节
逆着风向　拥着沙尘
思想抵达了旷野
留下静　留下茂盛的美

海阔天空任鸟飞

我曾站在一棵孤立无援的树上
眺望悬空的芦苇丛
我曾将影子遗失在那里
将远道而来的沧桑
抹于渴望雕琢的嘴唇

隔着森林外的一棵树
我的视线颤动而凌厉
一对引吭的候鸟
与我在绿色的繁茂中接触
我看那深邃之眼　覆盖了天上
一片令天使扑朔的焰火与肌肤

只要是现实中的鸟儿
从荒芜的海洋掠过
只要是逐渐疏远的放飞
被戛然而止的尖嘴吻啄

摸着黑夜的天空　向前
展示着光明的声音
在那里　静态或动态都使我感动
或者在传奇的意义上坚持
做一行飞行的诗歌

我的家

早晨　一抹阳光
从布满垒石的山路洒下
皂角树矗立山崖
叶子上沾满露珠
布谷鸟在鸣唱中仰望旭日

山居仍在沉睡
和山风一起　经历岁痕
院坝里铺垫着一层层天色
红色或黄色的叶子飘落
成为季节更替的注脚

一年四季
我以山为家　在山居沉睡
梦被清晨的树冠摇醒
溪流淌成锃亮的银线
远山已呈淡墨色

今夜

今夜　经过狭长的走廊
走进响彻琴弦的空间
屏住呼吸　窗户开向田野
看到精神之外的烛光
像褪色的抒情

在幽暗的光线下
想起河流　却束缚于流水
如网在播撒之后
笼罩清淡的月光

我历数月下的影子
疑似源于燃尽之烛
当夜风淅淅沥沥
音符落在我和影子之间

夜的尽头　没有歌声
我伸手去握风景的手
醒来　却两手空空

姐姐

清白江上
我的脸庞如深邃的野菜
姐姐　阳光充足
欢乐的族人是真实的节奏
景色独涉黑夜　姐姐
在神圣的铸造中
你心中的摇篮仿佛是江的河床

姐姐　嗓音充满了音乐
今夜大地起伏
我越过山头　仰望浮云
姐姐　我的头颅在辽阔无边的山峰
看见你平缓地浮现

鹿在逆风中奔跑　姐姐
滔滔洪水所毗邻的
雨水的性格澎湃而来
我想起那次炸裂的麦穗
姐姐　稀少的粮食沐浴了露水

你变成一个人
姐姐　真实的字迹被冲刷
正是在这里
乳汁浸透了我的身体

你用火热垒起的岸堤
滋生着土红的颜色　姐姐
每一层都冲腾出吞没的形象
每一层都催动着坚韧的岩壁

水是灿烂的坚硬的夜
在清白江上　姐姐
我从粗糙与漂流中孕育
那静穆的躯体
姐姐　刺目的清白双手捧出
万绿之灵随挥舞渐退

独唱

原因就是粮食
每条皱纹都被人叫醒
记忆焕发　喜鹊颂鸣
推到乌江金光的两岸

你迎面走来　前面
那是一种彻底的清香
迎面走来一座山
你睁开浸满召唤的眼睛
一个村子
以大片大片种植和收割驻足

喜鹊颂鸣　请告诉她
那就是不期而遇的江流
岩石的诞生用尽你的手指
触摸你秘密的外壳
土地　离开反复的梦
你情感深邃
只带着粮食和水
穿过坦荡的荒山

倾听　倾听
你钟情于古朴的深化
混浊的元素

成为梦中爆发的金光
这陆地涉过紧锁的村子
这光明的斧头　刀光闪现

洞一样的江流被缩短
航程驱动着领颂
在你居室的尽头　狂欢
梦见一双闪光的锐利的手
粮食生成了　和金光的漆
浑然洒下

反差

记忆中逆风的旋律
时隐时现
我追赶于末班车之尾
但风和雨压在我孤寂的腿上
步子迈出蹒蹒跚跚
是泥泞溅满我四周的氛围
我在一堵黑墙之内困难重重

我徘徊于高频的声音之间
目睹蔷薇如此开放
使院内　无人探头寻根

坐待之时人们频频行过
熟或生的面孔
融洽淡漠的页码
频频阅读多极主题
在珍视的瞬间　形体顿生

形体之中
我顿悟于环宇多维
形体之外
我顿悟于芸芸众生

出手的瞬间

诺言中我挣扎不已
像一些平淡的句子
无从摆脱责任之身
这是我荣耀之梦
升华在清幽雾起的晚间
在困顿之极我频频点头
不信　乐极生悲

瞬间　伸出的手挥动不定
我渴望灵感或情感
渴望环绕的花环就是闪耀之星

但出手的瞬间
诺言紧附我虚弱的躯体
在超赶中言辞枯竭
谁能告慰　此生何为

我渐渐远离群体
远离故土和温室
我接近沙漠之幻
是红色标树我蔚蓝之魂
我之　远古梦

对话

坐在红黑的墙边
已是很久以前的事了
一个人想着想着
慢慢就陷进自己的影子里
紧张的心情压过来
就像是在千年前
和任何一个未亡人对话

我说了许多
关于长辈们凝视我的时候
周围没有丁点儿气息
但后来我唱出那首古乐府
就被犹豫着带到周仓面前
直至发现眼前这些肃穆的罗汉

我只得在庙堂间睡下
有一只握着香烛的手
轻轻扇动谁的耳光
我想或许这是历史了
长辈们以前对于我的表情
和这些年间昏醉的光线
已经无可辨认

有时候　我愿意回到墙边

让窗户伫立在夜晚前
在夜里对话的情景
就像我对墙轻声低吟的时候
长辈们对我和声细语

历经多年　我可以穿透墙
穿越两种雾气
红的和黑的
反复在我周围旋转

月光谷

是谁　叩响你蓝色生命的门
在天河远逝的子夜
用那双曾经丢失动脉的手
向你推开

是谁　拉起你冥冥的支柱向外走去
把泱泱之夜铸成这一段银链
这一段厮守的断裂星球
为你　卷起一场亘古不变的风暴

是谁　你纯净的感情被照耀着
那沉默的湖水用阴影
涂抹着你死去已久的脸
他们都是刚刚纵横的云谷
当生死之光在这里契合为火种
你横卧时空
夜水撞击着你
让海如此缥缈无极

是谁　让你在极地穿越
呼天抢地是一路喧嚣的仪式
而你选择无垠的冷雨
随星点刻记在世纪的骨上

是谁　勒住你身披流苏的马匹
并用注视的光把细节隐藏
你生后　你死后
仍旧被悬搁于此
在圣洁的幻境中聆听宇宙回声

是谁　把你一次次劫向遥远
那芸芸的皎洁之光
又与你同誓不朽寒潆

故事

在那间隐隐约约的房间里
夜晚已经陈旧
仿佛永远不能结束什么
灯盏于是铺开自己

如果朋友已去
剩下恬静的窗玻璃
剩下秋天
紧紧贴上纹路的那张脸

房子与黑色的夜
被凌波而来的光焰燃烧着
道出一道道墨迹
面对墙壁抽泣

那是许多年前的温柔了
那盏灯像太阳一样逼近黄昏
又逼近清洁的灵魂
然后把门封锁

夜晚的光芒神秘而纯粹
那条条温暖的手记
已在燃烧的夜里焚化
最终成为故事

海

我的思想被蔚蓝充满着
被紫色的鸟的眼泪
流淌着　运载着
而后停止在地平线的一端

我孤零零地飘在那里
像鸟的羽毛
风干的时候早就湿润了
那尽是些多味的水
每一支血管里都流淌着许多轶事

鸟起鸟落时
我沉溺在夕阳里
为一年又一年的水域记载着
那些随涛浪而逝的影子
不断烙印下来　成为岛

我就住在这岛上
和鸟一起生活

和母亲在一起

我和我的母亲
我和我母亲的印象
从小在一起生活

我的那一双小手
深深揣进母亲的衣兜
我又时常背对着母亲
很懂事的样子

那是些拥挤的下午
如果母亲独自进入人流
我将是一个失去依靠的孩子

我知道　我的童年
始终装在母亲怀里
而我的许多想象
母亲却无法顾及

那时　我就更紧地拉着母亲
然后知道
母亲就在我身旁

四月属于母亲

母亲　是你宽厚的目光
永远注入我身后的恒水么
我是森林里吮吸的露水
是你手中一天天布满的掌纹
你在心中默念着
翻数着　你给予我生命和诗
给予我十一月的潮水
不停地奔流

你在冬天让我走进林间
在亲切的山里
我被世界宠爱着　抚摸着

你慈爱的面容让我深爱土地
深爱四月　人流和荒原

那天　你看着我的脚迹落泪
我觉得这是小时候
你手把手教我作的那些
画　写的那些句子
我想起你的手　温暖而有力
在四月里为你写很远处的春天
我想起那双
拭去我泪水的手……

你在我眼前拭过数十年汗水
在我们兄弟姐妹面前
挥弹过许多日子
母亲！那天我梦见四月的圣水了
她从银河的岸边
流淌进你眼里　母亲！

你的眼睛总是那么明亮
那么温柔而寂静
你给我光　给我冷静的春天
从这里你看过很久的风景

母亲　四月的时候
我为你自豪　七色颂歌
已紧紧环绕你绿色的四周

四月行歌

春天的时候
总会有一些雨天或晴天
我们走向自然
走向风的思想里
在绿色的梦中
享受黄土、麦穗和油花
这朴实的气候
让我们想起乡村
想起五月前的那次旅行

自然　就这般悄然滑过
我们轻步其中
像阳光洒向生命
洒向野地　一个生命
就是一朵野花

整个波动的季节
便在植被中连绵起伏
心绪与树同源　萌发枝丫
带来远方的气息

但这四周　谁与自然同歌同泣
看群山与溪流对晤　喷激
沉静的时刻

思想在自然色中漆染
召唤中的青色草重返高原
如异乡的归程　遍及春天

夜歌

一

任何时候　都不曾有今夜这首歌
这颗闪烁不定的星辰
在宁静的天空付出真诚的诗心
付出山冈上　那片充满阳光的绿林

在那悠色的氛围中
我愿深深地驻落下来
站成一棵树　站成一轮夕阳
献给微风中的黄昏

我便走在生命的湖边　走在
渴求的色彩里　轻风像圣歌拂面
像郁金香开满所有的春天
进入四季沸腾的血液

是的　任何时候
都不曾有如此跃动的胸怀
激情般把忧郁埋葬
把浓香的花瓣　献给沁心的时节

晨雾尽后　你清脆的笑声
便是我宽阔的一生

二

我是激流　是奔流不息的涧水
生长于自然的韵律
和你眸下宽厚的土地

我轻快　我触及鸣唱之声
像春季的云天
在细语中谆谆云游

那明丽的细雨　流成瀑布
如果　如果这就是你生命的流体
我便是山岩　铺展河床似的梦幻

那株山间的青树
是种植春天的动人之弦
生长于阳光照耀的牧野
和裸露的茂密林间

三

我是西边的一颗星　在梦中
吟唱悠扬的夜曲　在夜空下
转身　抹去疲倦的尘土

去那里看天外之天
看天外的彩虹　舞蹈

看那殿堂里奏响的乐曲
欢唱　赶走忧伤

四

一个任性的孩子　在雨天不打伞
幻想那枝黄色花悄悄伸过来
伸到眼前　晶莹的水珠在脸颊上翻滚

让黄色花走进青草里
她们淋湿的心儿　相互凝望

她们是随风飘舞的孩子
一片晴空下轻轻依恋的风
一阵沁心的细雨啊
晶莹的永不流泪的眼睛

在雨天　走进缤纷的森林
享受溪流、山川和幽静
雨水淌过脆弱泥土
成为旷野中不惧热冷的潮水

五

激情和无限的阳光　照进灵魂的一面
眼睛不仅是灵魂引路者
星亦是　星照在你额头上
在奔涌的夜里　与我对语

拾起一个轻盈的身影
用春天的双手　拾起
超越生命的一面
灵魂在急流中呼啸着、翻腾着……
在日月浑然的黄昏　汇成江河

像太阳　隐藏在内心的能量
大风天带到静寂的岸边
有山有水的日子　在逆光中
雕塑剪影　放逐到太阳河里……

在碧色的山水间　涂染情感
在那些因阳光而诱人的草叶上
谱写温醇而永恒的歌

这便是我所有的青春岁月了
水的奔涌使我紧握山的名字
紧握一颗颤动的心
投石入海　直至永恒

河流之旅

昨夜的雷与雨
映在车窗的玻璃上
送别时那瓶啤酒静静而立
此时　透过澄明之酒
我看到窗外的河流
在瓶子里蠕动

我看到你蠕动的脸
微笑着　昨夜之旅
在阳光的夹缝中悄然远去
你已婷立眼前

那是阳光出现并洒向我
正如修长的临天之草
醉身于疾行的河风中
而成为你散发的渴望

我临窗而坐
想起这条源自昨夜的河流
一直流在今天的视野里
这很自然　那面镜子
照着我也照着你
就像此时
你成为树成为河

儿歌

在我面前
鼓声　涌向幻想的山峰
那阵子幽静的音阶
从母亲的胸前
滔滔弥散

我眼中的沃野
被沾满祭奠的星宿
泻向纯贞的空谷

此时　某道如水的入口
溢满窥视
那领地亘古不变
而看见木质的念念之音

森林枯竭
梦韵在嘶鸣中脱落
萦绕辽远的雨季
指向轰然响起的雷音

后来大地痉挛
我站在祭坛之上
等待忧郁的沙砾
母亲说

既然孑然一身
去呼唤吧　那安然的挣扎
淤满最初的血痂

我相信这一切
而凝视　嘹亮的焚烧

鹰越过头顶

坐在一条木凳的两端
三年前　一个细雨空濛的夜
从我内心开始泻注
那时人们都看我
让我呆呆地静坐在那里

我想许多颜色
都被同一个夜晚滤去
它们触摸层次和经历
就像我自己
一直触摸以往的事情

起初　走过丛林时
我感觉自己在回忆
鹰越过我头顶
让我的语言成为它的叫声

这种方式
把我拉入时间深处
我知道那里有自己的基因
后来我生活在此
却无所适从

我一个人离开　然而

没有那种淋漓的声音让我通过
我沉痛的脚
走进一个偶然的境界
却一圈一圈地变得木质

从此我与木料有关
就像我无法离开那条褪色的木凳
它一端是头
而另一端是脚

我站在你面前

我站在你面前
用棕色咖啡的姿势搅拌
那水滴向地面　而成为泪
成为海的一种无边的距离

这距离是盐分的尺度
某一天　你挥挥手
用古老的面孔注视弧形
那是你散漫的步履
涉足咸苦的夜

但你长时间盯住自己
周围的事物迷失了去向
像我离去时忘却告别
却用你挥动的手　替代我

那时候我站在你面前
晚钟在夕阳中被敲响

天堂之鸟

我是一种鸟的化身
有一次　它牵引我的眼睛
走向天堂之口
用我沾满伤痛的手
竖成柔软的羽翼

起飞只是一种感觉
在这一过程中
有灵性的虹洒向我
声音湿润而亲切　然而
那色彩流逝
那划过早晨的根
长成土墙
长成我生命中的谷粒和水

像任何其他疑惧和迷惘
这种生长的超越
是一条紧系田间的路
它无止境地延伸
在我液态的情绪下体验生
或结蒂　都失去了孤独

在天堂　我成为狂奔的渊源
它颤动的纤细的预兆

浇向那敞开的窗

我多年的身影出现了
并在火的燃烧中变成生命的折射
变成激越的雨滴
而洒向每一个寂静的早晨
发生淋湿的叫声

人在边缘

每当我安睡　棕色的酒　流下
面向那临近黄昏的片断　请您相信一段
完整的轮廓　从梦中而来　而被无限的
忧郁淋湿

我的绽开的边缘　透出崇高的纯洁
崇高的无人知晓的夜里　今夜　我想握住你
直到我没有力量的泪水　飞溅
那海的颜色　那淋湿的很早以前的
梦乡　浸入无限深渊

你呀　一阵接一阵　像一枚青色的果
缓缓西沉　直到我的消息无足轻重　闪烁呢
谁在遥远的地方喊我　遥远的地方
沦陷在空寂和繁华之间
好冷的地方　你何故一天比一天更具凋零之色

而我浑身上下的精神之极　纵升吧纵升
人在边缘　爱在边缘之缘
崇高的故土啊　一株巨大的树支撑着什么
而轮回为无数夕阳　我躲藏于其后
相信　失去温柔的地方仍美丽若泉
相信远离之水　纯洁若今天一般
故乡啊　我永在边缘的人

想起亲人

临行时我还在等待
一次昏暗的风沙　那西部
雨水充足　植物茂密
我还在等待白雀成群
穿行的人肩扛大枪
口中冒着浓浓的泡沫
这时候烟尘满天
亲人你在何方
我梦见你哭泣的面部
被烧成土红
亲人　你卷成风沙了
还是让浓烟漫过　那西部
血早已流出血管
如此你仍在无辜的人间
亲近黄泥和风尘
如此我寻找你　嗅你满身的汗味
看看这些击碎而倾斜的戈壁
轰、轰、轰　这方式一定很疼痛
这衰弱仿佛一场雪崩
成群结队倾斜而下
从枪声和鸟声旁
扑灭空前绝后的火　亲人
你的血脉经过自生自灭
和我惊惧地同步

平静的日子

因为万鸟栖息。鸣响不断
紫色的烟纵升。用手感受
你赶着羊群。归于黄昏的山后
草啊。你捧着它们。像神圣的物
因为回鸣不止。伸向远处
你归于紫色的云

赶着羊群。听一种心跳
在野外见面。手指到更深的地方
静夜。你伫立着。在树林里想海
背后曾是一片紫色
因为游离。心情是缓缓的船

羊载于船上。伸向厚厚的位置
无人涉及那片驱散之光
你赶着它们。目光中存有纯洁的理由
暮色中。想海。和万鸟栖息的岛
你轻轻回头

紫色的呼吸。一如往昔的色与香
脸儿如剔透的精灵。抹去尖世之渣滓
你想。花的瓣。瓣的蕊
在她的故居弥漫的体温

视你同一烛飘摇的火。浓浓的晨
用手感受。呼啸而过
万鸟鸣叫纵升。紫色的物
一次缓慢的相通。神圣的物
因为怀想。不容更改的祷状
插成纯朴的翔。手中的羔羊
你俯首它们。是些平静的日子。它们
悠悠地绷紧。住在黄昏的山下
浓浓的晨下。溅起一路翅膀
落地生根。靠拢。靠拢
送你回家。萌生已久的日子
有一个赶着羊群的家

等待

三月的红花，五月的绿地
伴随我的最亲近的低语
最亲近的人
坐在这儿，一步也没离开
一条长凳靠她坐下
特殊的心情。最想念的月之光
我能听到她的声音
是一种笼罩，驱散内心的黑暗
我所害怕的植物
被崇高的精神吸引
那是爱。有时轻声啜泣
来自溪流的上游，轻轻坐在这儿
整整一个夜晚
她是黑暗中的心灵，安详如云
也似凝聚中的表露
散发芳香。这里
我的心有过许多次震颤
灵魂被芳香的力量所馈赠
一项壮举。她是那位植花的人
从花畦破土而出的花卉幼苗中
发现纯洁的歌声和仪式
她等待。伴随她的最亲近的人
一步也没离开，我的用心跳吟成的诗歌
一步也没离开

简朴的生活

在我的生活里有一个太阳
看到它简朴的沉思
穿上稻草人的衣裳
闪烁的思想　躺在怀中
让它停放在呲呲细语之后
闻到绿洲一片　自古芬芳
你燃烧的愿望得到平静
那个太阳笼住生活的骨髓
那股流淌的光　熔化着自己
停放在温热的涓涓溪流之后
平静的生活紧攥一颗心
你的微笑带来羽毛
不是疼痛　是嗓音
和茉莉花的白净
你唱着怀中的太阳
听到梦在怀中
轻轻敲响　闪着光
轻盈的羽毛在空中飘扬

一个绿野黄花遍地香麦的春天

一个长长的春天
绿野黄花遍地香麦
我怎能忘记穗芒尖上的坐势
犹如乌亮的茶。天气真香
我怀抱一个时节
颠坐在行走的路上
往家走。村庄，草木潮润若水
你看：我跟在流水之后
色泽艳丽，光彩耀人
寂静之声始于耳语。这种鸣声

长长的森林，黄花一朵又一朵
开。你若汪汪的青苗
从一块绿野到另一块
露珠滴落，其行程温暖
畅通。一个春天到来
你靠在满山的枝叶上
怎能忘记那片夜深人静
我坐在草木之边
看云。天外微雨斜飘

滴滴香麦。遍地生出一种滋味
若青浪从麦田吻过
我的默语之中噙满祥和

那穗芒飘逸若仙
坐在那里。我凝视流水行云
怎能忘记一个宁静的黄花绿野
长着草莓。麦穗丰满若泥
另一棵弯曲的样子
满怀春意，是一种散步
那是一个长长的散步
天气温和悦人
绿野黄花散着遍地麦香

初冬的夜晚掌一盏灯

那晚下着小雪
初冬的夜晚
我独自一人行走在乡路
飘洒雪花的夜晚
婶婶反复对我叮咛
别忘了带上那盏灯

那盏昏黄的马灯
罩着玻璃筒
我掌着它往回家的路走
初冬的夜晚寒气逼人
我手掌马灯
却感到里面发热

另一只手里的药丸在发热
初冬的夜晚
我必须赶在灯油耗尽时
推开漆黑的家门
我的亲人正从窗口眺望
朦胧的夜中奔于风雪的身影

我的亲人躺在床上
婶婶　他们正在等待你遥远的关怀
初冬的夜晚

一盏马灯多么重要
让我在寂静的返回中忘记孤独

婶婶　我得赶快往家走
在这个初冬的夜晚
我手掌的马灯
是久卧不起的亲人的幻想
这盏马灯　把初冬夜晚的行程
一回回缩短

车手

扶着清贫之马
扶着棕色的汲水的马
我梦见那广博的滚动
投足于乡间
渗入颤动的手心的责任里

如此巨大的力
捏着尝试与闪亮的鞭
它会是什么，它会怎样体现
泥土的痕迹与隆起的花

车手的额头富有刻痕
一个绝对滋生之地
像纯洁的花朵注入车辙
那消失的过程
那自省的责任与怜悯
让我倾听先行的体温

太深太深，我骑上车手的马
把毕生的精力埋下
我骑上锋芒的宽怀的马
得以亮出重复的新泥的召唤

进入其中的石头

进入水泥地面的行程
引我的智慧和诗住下
堆得高高的土地，在原处住下
与追随的命运为伍

一支朴素的队伍
浸过所有时辰，手执长鞭
让我跪在土地之上
敲击自己的背脊
让我失去反抗，又成为主宰

我心地纯洁，唯带着粮食
成为流浪在乡间的另一个车手

我心深处

在荒凉的大漠
弟弟，一同走过从前
不停地摇着双手
忙于奔走

我惨淡的眼泪
凝向高处
弟弟，站在高处的我怒吼
弟弟，站在高处的我哭泣

那时刻你在何方
整整一夜
听不见马蹄
冬天如期而至
风雪又何来？

弟弟，太多的泪
太多的兄弟们的泪
打湿多年的生活
那时刻我在汗水里
倾注心中的诠释

在咫尺之外的大漠
种植麦苗

让你想象一同走过
在深刻的思绪牵动里
我的弟弟，走进干涸的内心

瞩望自己吗
由远及近的弟弟
嘴唇就在深处
寓意丰满，富于光芒和丰收
而更多的弟弟
窥见我心深处的马匹

成长

我出生在一个隐蔽的地方
不容易找到
我出生在芙蓉成长的
月份里。祖母啊祖母
看着我长大。扯起童年的衣衫
带我到一个充满善意的原野

驶向流淌的溪水
娇嫩和轻柔。一块圆石
为我准备一生的爱
等待的构想与热忱
坐落于此

去见我的妙龄　飞逝的愿望
倚躺在光影之中　百花斗艳
去见光阴和出世前的岸
视之为风景　和景中的流浪

用一棵树的内部
瞩目表情。祖母啊祖母
注视着慈爱的天空
那泥土的汗味
亲人的荣耀与随水漂流的岁月

在长成。我仅是果实之一
暗自传送的季节
无数心灵之路
在爱与笑中掠过土地

怀抱

孩子快爬
像蜗牛那样一点点地爬
像秒针那样慢慢爬
像妈妈额头上的皱纹一样
不停地爬

孩子快爬
妈妈的双臂张开
挡住了密布的阴云
挡住了风沙和烈日
挡住了你的胆怯和懦弱
为你的生长牵引

孩子快爬
爬到妈妈的怀抱里
这里不仅有爱的磁场
还有你一生需要的力量

孩子快爬
当妈妈老了
你也不要忘记
爬，是一段多么重要的时光

忆

忆往昔　岁月峥嵘
转瞬之间
露出岩石的巴掌
扇紫了面孔

岁月的巴掌好比是盐
是咸的
是历史的珍珠粉　润肤膏
　　和生长素

忆往昔　岁月峥嵘
岩石也一层一层
蜕化进我们的神情里

长翅膀的迪迦

我走在一个父亲的路上
生产爱
这个时代的童话
被超现实主义的迪迦们
占据了

有什么办法呢
作为父亲
我要为儿子生产爱
在他们成长的语境里
生产永恒的迪迦

但是　我还要为它
加上一对翅膀
在它的头颅上
插上高高的桂冠

这就是我铸造的奥特曼
关键是　无论是它
还是其他玩具
我想得更多的是
它们的天真如何会飞

人生之隅（组诗）

另一种孤独

在走散的风口　脚印
被水抹灭
你像雨一样伫立水中
在茫茫的浑浊波荡的水纹里
注成一段伤心的流程

你忧郁的眼光
在泛滥的失色中疼痛
如倾泻的灾难的根源
无数次
你抽打沉默的鞭子
你的心就这样一次一次
被瓦解

立在岸的边缘
用每一份零散的感觉
垒成家园和船
而如今只有在桨的搅动中
让孤独远走
让茫茫的方向
点燃一盏深夜的孤灯

美丽的谎言

你知道家园若水
夏日凉爽　冬天温热
那时　你坐在荒原的阳光下
拨动阡陌交错的日子
直至拨响一条萧萧的壕沟
拨响因干涸而蓄积的
天边潮水

你知道那潮水涌来
漫过头顶
你沉沉地下坠
土地已不在身下

你就悄悄地站到堤的一边
任遥远的流程
流进心里
也许　渴望清水
而共同等待清晰的声息
风其实无所谓
雨亦如此
你是否听到了一种
慈爱的水声

怀念与泪

在黑暗的水中

你走过村舍　农田
你的双脚承受着走动的啜泣
你听见了吗
麦子和稻子已经褪色
简陋的茅棚
种植在土地的坟上

你守在这里
用泪水打湿那些沉默的语言
水流的声响迎面而来
其中融化了你昔日的生命与爱
你不断梦想的故园的名字
被冲成这股怀念的形式

而古老的淡然的水啊
在你成为泪的时候
用汹涌酿造的气流
在怎样翻滚着上升？

潮音铸出了一片无头无尾的路
许多生命的归宿
从来就是另一次等待中的序幕

走流　走流……

天空　在土地之上
在水之上
你看见水将颤动着退去

在一片寂寞的汪洋中
沉落的夕阳照耀着
火焰燃烧你的手和眼睛
抚摸炽热的土地
蒸发冷冰的晦气与愁苦
跌入蓝色的天空
再也不怕跌落

那么你走吧　像水那样
在裸露的风口
走向生命之禁区
用一只
与血流淌在一起的躯体
呼唤漂断的往昔

你的流程或许是一次空白
而在每一个季节过处
你回过头来
远方　凝聚了你永久的眷爱

辑五

空旷之年

风景

一年之初，净水非人人所见
我从未如此爱恋过自然
这时的春汛
唤醒晨昏线上的雪霜

爱与憎、生与死，以及
对大地的神往
等待着幽静的降临

我想象那天空清晰而有力
一直通往内心的感受
我不仅仅是一个明净的观赏者
那里还有编织的心弦
用无尽的体验憧憬抵达

陈列一切美丽
在风景中，时间的境界倾注了冀望
俯瞰淼淼的大海
我看到自己获得热爱

另一种激流

在天上，一股激流通向太阳之核
迎着冬天的声音绽开

一个明亮的旅程由此开始
跃过候鸟的高度
跃过月光、马匹以及闪耀的白雪

进入内心的光焰
一股激流！不仅仅是夺目的过客

我看得见羽毛
还有满腔的平静
都被一盏行进之灯享受

另一种激流
除了燃起裸露的辽阔，更在心房
照亮整整一季冬天

铭刻在清晨
太阳刚刚醒来时
一个温暖的碑上

树枝上的乌鸦

静静地，为埋葬献身
我们年轻的时候
常常以此自豪

绕过春天的猪圈
绕过堡坎和坟

静静地，树枝上挂满了灵魂
在一个更高的天上
乌黑的羽毛飘飞
洒着狂奔中的呼吸

现在，穿过碎石和荒草
穿过鸣叫里最心痛的语言

乌鸦们
从树枝上流落大街小巷
那是个清明节的前夜
大地早上好

光线

我生活的地方
历经风雪
但是我清澈如雨
和水稻一起扎下了根

我看见粮食
推门进来
新鲜而绚烂
向我表演着饱满的风情

我看见一只山雀
站在世纪的门槛上

如果在十月
我就要嘲弄它：把它的翅膀
交给猎人
但是我看见它历经风雪
向我做着鬼脸

猎人啊，你来说说
怎么光线越来越黯淡

栅栏外

老乡：从你手中接过斧头
越过流苏的栅栏
在精神的森林里
我滑倒了

我汩汩的血滴在伐木的时代
我做孩子的时候
就品尝过劳动的艰辛

老乡：今夜是谁的一生？

栅栏在上
只有坚硬的骨头没有摔断
整座森林都在闪电
在野外，指示着方向？

我可要拔掉
伤口。我可要敲打着石头
像伐木者那样歌唱

坐看桃花

如今，我的思想只能透过窗户
与你相聚
坐在家里漫游
犹如潜入海底。接近温柔的海豚

通人性的植物
开着花，开着春天的广场的大门

桃花、桃花
在你结果之前
我曾手抚琴键、头枕简谱
我的声音从窗户里溢出

传到海豚的生活圈
一跃而起。海一样的颜色
是你终生的绿叶和花瓣

坐看桃花时
春天并不很遥远

鱼与鹰的投影

鱼生活在清晨的海拔
某个薄雾的秋天
在水中
鱼忙于编织河流的自由

一顶简单的草帽
戴在我的思绪里
一把生锈的老刀
插在昨天的截面上

我在渔船上反复地翻着手掌
手心在下
手背在上
它们在青苔的投影中并排生长

一只鹰睡在艄上
梦中的窥视一直向下
像个散着芳香的动物
脱离流水的情节和轨道

在这个海拔高度
除去一切
我们都获得过明澈的大气
除去敌对、失去和得到

云霞便会越升越高

还有自由和快乐的
投影
在今天，抹在刀尖上
躲在水草丛中

它们久久地对视着
像周游历史的鱼
或雕啄逃离的鹰
它们对视着
有时会泪流满面

疾驰

它遮住了我的疼痛
遮住了　白马驹达不到的地方

那么浮华　一株连着一株
扩展的荒草与青灯下的
镯子　环旋于燃烧的金雨

我的翅膀　和众鸟的航道
隔着放飞的期盼
受到炽热之心牵引

“白马驹曾沐浴过坚硬的阳光
古老的疾驰被风雪朗诵”

好像来自圣殿上的季节
皓白如雪　遮住了晕眩
和倦了的诗歌

便骑上悠长的流年
又一次　通往上升的诺言

骑车行走

这勾起我注视的声响
像个句号。这勾起我出门
骑车在雨中行走的水珠
停在树叶表面

湿润的寓言
在清澈的距离中
映出一张复写的面孔

进入喧嚣的行程
既不太远，也没有日期
我骑着的飞鸽牌自行车
是借来的。我没有敲醒
树叶的睡梦

“这附近的路标模糊了”
另一个骑车行走的人说道
水珠，在一个沉默的平面沉默

这勾起我骑行的
距离。请让我离去吧
我的心绪是纯净的
角逐或追赶

午餐时的交谈

涉及一个小酒馆的会面
我们的微笑和礼貌
像羽毛那样挤掉了空间

借着酒的热度，我们从灵魂谈起
我们太接近了
肯定有疏离或逃避在什么地方

那些频闪的词句
原谅了渗入正午的酒精

我们接着谈自己存在的地方
附近的目光陷得很深、很深
这不是意外，这是通往街市的门廊

我们交谈出生
一段属于新来者遐想中的历史
可它为什么要拿走我们最初的啼叫
那属于我们自己的风韵与仪表

交谈中，许多事情已经发生
我们身上，除了荒芜尚未完成
节日的盛焰又填满了
怀疑与天真

内心生活

没有一个　开始仰止
幽灵出没在漆黑的天空
梦清楚地象征十根长短不一的手指
一根接着一根　迷糊而黯淡

招致这样墨绿的暗火
用羞愧的曲线撕裂它
伸长了　所有可以媲美的真谛
都在斜放中养成赞美的词

又裹在身躯的孕育中
脂肪丰腴而泛滥
像那些波光潋滟的箭
插入清晨的水芋和杂毛
内心似单调的粉刺
暗火蒸发　熄灭

泊

双桅船来自大海的一双手
为了朋友我绝不能失去信仰
当你打击我　用迷幻的女巫的号令
排出精神上复仇的恶

那一双埋葬了时光的手
在挖掘孤岛时躲避伤口
就像剥了皮的阴郁的内脏
因废弃而跌入残液

你　一个因航行而吮吸的鱼类
一种为高尚的部位而冰冷的深坑
让无数船桅张起重新迎接

而支离破碎　一道蓝光
期待落魄的渔夫发现
只有关闭城堡才能领悟的灰色

危险地带

地下的城市
没有太阳照耀的城市
一定空气潮湿　气温污浊
采摘时常冒着生命危险

埋伏在街道两旁的警士
用冷冻的方法一分为二
一半归己
另一半作为蛇神诞生

寂寞的地段
地下的城市处于濒危之中
它的披纱轻盈欲飘

崇拜它　祭奠它
还有许多密友单独抚摸它
地下的城市被野史证实

旋转的点

五米之外　浓雾透过萧索之地
无人倾听你旋转中陷入
一天早晨　沸腾的气流
升起幻觉中的惊涛拍岸

深渊剩下漂流的木头
它缄默如同生生不息的乐器
饱经沧桑　人们相继抚弹
你的静默融洽飒飒树声

风雨缥缈　那棵具体的树
只剩下渗透和耀眼的睫毛
拂动浩瀚轻灵的幽深

五米之外　点起堆火
仿佛年龄在旋转
光影错综交织　坚实而断然

潜水

奇妙之灵光浮现
脚底急躁地发冷
方式被疏忽
途径和留痕蒙受损害

俯身而下
液体涌进猛烈的地方
谁在失声哭啼
眼圈润湿

揪住肿胀的腰身
一种细致的草绿色
一种低头的蓝色的衬景

烧灼一片焦土
颤抖以液体的方式涌进
弥漫的部分被震得流动

写给七月

你匆匆流成一条河
在远方　就是清澈透底的日子
而这里的阳光过热
许多人汗流浃背　唯有你
在忧郁之外可以一本正经地装饰沙滩
这是你的方式

这种阳光式的体验使我黯然失色
便在痛想之余　去赏赏花
而赏花之余
就有许多采蜜的蜂或蝴蝶
出走这块区域

它们在阳光下翩翩起舞的时候
你未曾想过要触及某种灵感
甚或做一段美丽的诗句　流芳百世

其实这才令人痛楚
这样轮回地接触每一根神经
就像许多人的想法　是一种证实
而另一角度
已是那些令人欢欣鼓舞的日子

是的　不必如此

在河边小憩的时候
你能数出几颗记忆中的星座
对岸的灯光并非突如其来
正如你独立岸边
或许能因此跳了几条喜出望外的小鱼
而你　就是那个昭示善良的人

你会开了灯
思索整整一个满天星座的夜晚
其实关键之处　在于
你发现七月是颗流星

就像许多孩子
他们在露底的河中畅游
他们是自由的无所顾忌的孩子
而七月　你应该去游自由泳

或许　你始终是语无伦次
而七月会记录你的情绪
你会再次独立岸边
远眺留恋风景的晚霞
而再一次出乎你的意料
七月的河流　就是你长长的倒影

淡抹深秋

船停靠在秋天的湖泊
那些淋湿的身影浮上来
迎着风　和远方谈心

那些逐渐失去风的气候
在深秋的细节里扩散
天上　薄雾紧贴着乡愁
向十一月的雨点敲击着
雨季来临时
好像正是树的画手
用感觉和颜料淡淡涂抹

这些早晨万籁俱静
仿佛已濒临寒天了

往事如烟

日子　在许多与夜同泣的手中
握紧倾诉的时刻　或梦或忆
是你使我在蝉声凋零的正午
把阳光当做絮语卿卿我我
感受你明净如月的召唤

或者　你是我的前额
如同那幅油画布满尘土
与吉他一起弹奏时面目紧皱
而窗外　风就是你昨夜的油灯
把情节吹灭
撒落于遥远的空宇

往事如一把枷锁
与空寂的天空同眠
而夜与昼
使你如梦如烟紧扣荒凉

曾经　你深邃的眸子
浸润于茫茫之海
一艘朴素的小船
无桨时水位上升　上升
……淹及你目中的小岛
或一个令人生畏的梦

你给一个渴望阳光的孩子
讲怎样穿越旷野　怎样
穿越没有星光的夜晚
让孩子编织房间内外的故事

而我无法确认你房间的摆设
优雅或枯燥中　你目不斜视
你后面是一杯水
一堵墙与一扇挤满眼睛的窗户
以及　一缕无法挽回的夕阳

失落的声音

最初　我留下一个蓝色寓言
在变奏的森林里
三月孤零零地站着
是我在涂染的山雨若磐里
涂染声音

还是在那些下雪的时候
或者这时候
雪已是昨夜的心情了
冷的　不太冷的
聚焦着迸落下来　在眼前
形成云屑、雾片或火星

你是在用目光敷衍我
我知道　声音在沉默中疏远已久
我再也走不进三月的剪影里
走不进陌生的绿荫

就像我目光失色了
在声音中感受色彩和画面
在平整的院墙内步行
从这边到那边　携带记忆
把平淡的景致搁进涧溪

间断的情景一幕幕走出来
是谁拉开了窗帘
光线从那片影子中
走了　再不会有人站在窗口
看外面的风景

东方月

东方月　我所热爱的光
吸纳一切寻求的羽翅
为一个美丽的幻象

东方之月一如往昔
血气方刚　我一如往昔
在你喷射黑夜的胸中
用春天的三十六对农具
掠过天空

今夜埋藏在光阴之下
东方月　濒临此地的海
越过剧痛和燃烧

东方之滨　我所热爱的光
诗人心音嘹亮
沉默的嘴唇注入印痕
长久地雕刻　东方月
这是一个凿试的年代

而沙漠无边　土地肥沃
天空中只有流星的愿望
在速度和内容中
光亮就是你的全部

深入全部　将平静的诗页写穿

千年东方和我
无限热爱的光和我
今夜的月　同在古老的日历下

沉思

第几次　松开手
充实的那一面
融入沉睡的果核
那虚弱的一面
尖锐而艰涩

尽管迟疑
细微内向的挫伤
愈合于精神的重闻
一块块料峭于铮铮之音
拉起石头翻山越岭

远望一种花草
幽风习习　繁茂滔滔
滞流的溪林坍塌而下

追溯摇着惺风的果实
思忖扑面　蹲着采摘
潺潺水声垂下
狂热之潮被嚼碎

走在凌晨的影子

走在凌晨的影子
走在 1992 的素淡的影子
走在呖呖莺声的安宁的影子
1992　走在他自己面前

暗沟横在他面前
层次井然的水洼地
似一座孤明的乡镇
凌晨的鞭炮结束一段年份
纸片纷飞
在他面前　乡镇伫立
烟雾带来 1992

凌晨　他的声线富于单薄
慢板丝丝入扣
纵观本土　1992
他的影子阅历渐丰
在一片行俏的冷风里
回味沧桑雨夜

1992 纷至沓来
林中的素味纷至沓来
与众多煎熬的浓重的歌喉
纷至沓来

他因此走动的凌晨纷至沓来
1992　他的影子是素淡的一类
安宁的一类　凌晨
在他含蓄柔美的箜篌中
出生于一个名叫乡镇的地段

蜉蝣

蜉蝣是白的
若轻云舒卷
嫩柳拂水
超越洁净和淡泊
存于容颜之外
如腥汗浇灌
朝生暮死　白色漫延

下午的天气逐渐暖和
一只蜉蝣栖于池塘
随水流摆动
辨识回巢的路

水面摇曳不定
一些微小的生物
来回穿梭　阴影笼罩
濒临生命的尾声
卷入暗流涌动的漩涡

柔软的蜉蝣
被引入繁殖的鱼群
钓竿失去平衡支点
位置移动　水影变幻莫测

探伸的钓竿被电击回
泛起一圈圈白色泡沫
停滞在变幻的时空

音乐长廊

你可以涂成颜色
让我看见　玄幻的光点
秋天的树长高了
在滴雨的屋檐下面
铺满变换的谱

脚步声从童年被颤颤敲响
胡同、青苔和雕凿的路
领我进入安详的家门

有一种沉醉的风
跟在我背后
这是从前的森林之晨
无数跃动的生灵
侵入我稚气的想象

海水开始漫过我
我游动的手臂
抚摸这条世纪的隧道
经历阳光　和音乐的浇灌

我像一匹青色的马
从草原的边缘　走来

与花同在

折枝如同折诗
清脆的呼啸的季风
使我感到存在
那夜光如流体
我触摸的感觉成为展开的意象

诗就是如此
从我手中凋落
又生长在包容的目光里
有时候流泪是八月的琼浆
芳香　温馨　旺盛若泉

与花同在
花的痕迹经过山峦
接近荒野的翻转
在一片陌生的绳头
拉紧我蓄养的记忆

这些年我一直等待
花是同时流远的河
足够的绿色渗进动脉
而我口中的诗歌
就是鲜红的植物

我与之同在
而饱满充盈的根
插进土地和我的思绪

从此　我于那个深更的夜
想起枝体瑶香

秋雨

我能够永远为你默默睁开么
在秋天的雨中
路灯打开
红色、绿色让我踩过去
或让我停下来
把双脚埋在灯光的底下

那些梧桐树叶落下来
落进地面的积水里
和着我的过去
静静地躺在冷漠的边缘

它们的滴答声是唯一的
我在此不期而遇
你缄默和凝固的表情
我在此归咎于天色阴郁
音调艰晦而笨重

你所想的是某种
富于预见性的气候么
在忏悔的时刻不容窥视
我于是被禁止
而在昏暗虚脱的摸索中
默默无语

我能够永远为你默默睁开么
天色在一分一秒流失
只有雨水的感觉
不断打湿我
而我想的是另一种
更深更宽的天性

空旷之年

我站在一些树下
用返朴归真的奇想面对虚弱
茫然在反光　我站在水洼地间
精神被残酷地抨击

水花四溅
四壁贴满节气的标签
我出售那次对于农业的收获
站在灰色的屋顶　我说
雨季过于繁重

濒临楚歌　而事实上
早在十年前的那个正午
我握着一把尚未开刃的镰刀
站着　在空旷之年想象水的冲击
一圈又一圈碾出涩苦的粮食
在变幻莫测的磨心
碾压不可辨识的纹路
植物都是飘飞而枯黄的叶脉
我无法一片一片割收

十年前天气过于阴沉
我对自己有种站着承受的责任
风尘仆仆　炊烟弥漫

阳光被痛苦而冰冷地过滤
我紧紧贴着沿途灰色的墙壁
站着　那一站使我坠入已久
十年前我遗忘了自己
手在柔软的镰刀下被割断

茶家

整整一天我意识充塞
那种赭色的闪念全部浮现
老人静坐在一旁
作为一种勇气她确认着
翻着自己的掌心

譬如一些大小不一的茶叶
按照各自的诚意排列于水的断面
水不开　但足以让人汗颜
我有些惶惑
用老人的方式剥去蛋壳

这是种熟悉的可以治愈的症状
我推翻自己的年龄说一些话
我对老人说蛋是死的吗
她的表情呈一幅图像坐标
也许是我过于紧张

宣泄的心情品尝稀罕
而老人整个脸庞都红了
像一块结实的门面
推开被唠叨掀起的波澜
我以为自己完全坐在这里
就简慢地想着它们

朋友我为你临摹一幅画

二十年前颜料开始生成
二十年后排笔成堆
我在你踞坐的城下绘制世俗
忆起干杯　现在的你
具备浓烈的梦的滋味
颜色素净　疲劳洒在框中
多少次我当之为画
我轻轻地着墨

朋友走过渔火
我写生的热与光开始流露
经过那不可遗留的腥地
经过山的翡翠色　从此
你留成一片泛着怨艾的躯干
一身弥留的素色
精细而晶莹

在她面前递过犀利的刀
因雕刻而失去美丽
微小却冷峻者　深爱却严厉者
朋友　这种方式难以接受
你可以日夜抱膝
谢过困倦而涂满赤裸的长者
语终人散　一团奇焰四蹄放飞

你将得到平静的麦浪
渔火贴近它

幻想啊　在我栖息之地
朋友你的心感到骄傲
你着墨时别出心裁
使那些与生俱来的敏感沉落
你被白色折磨着
无非就是为了减淡喝酒时的红晕
朋友干杯　很小的时候
我们不曾迷惑

西递，老人胡星明和他的川

三水东来。西递
老人胡星明的眼里闪着白露的光
三水相隔了。流入每一户墙根
它们形成川的内容
每一户里。冒着热流
温热的过程宛如天气
扬起微风。明朗和澄净

老人胡星明站在西递的水里
他的手一指。三条流动和欢悦的水
在他的言语间回旋
这个老村落。鲜为人知的地方
人杰地灵。间或有几片青色。伏在墙上
静静地捕捉光芒或忧伤
许久许久。老人胡星明站在那里
西递的水殷红一片

我接过他颤动的手。那笔墨深沉
像黑色的火焰在水花上燃烧
每一户里。种植黄色或白色。花草树木
绿了。挥舞着绚丽的形态
那执鞭者就是留着胡须的老人
胡星明和他的乡亲。汲西递的清泉

西递。雾幔扯起
老人胡星明和他的川。民俗之隅
传送着璀璨之光。踏天空而来

坐在马的边上

那一时刻。那一种马
褐色的腹地
我坐在她边上。抚弄草
一支毛茸茸的长着细粒的
穗的一种。润泽的风呀
我接受坚硬的目光。一次痛快的溢出
平静中的微笑

坐在马的边上。粗糙而枯萎的草
坐在马的边上。滑越
清凉。涛在撩拨中应了明媚之烟
轻捷地陷入。她的马呀
立在一座山与河岸
立在唱彻水面的明晰之间。幽微馨馥
立在那里。结满恒久与默想

我的坐着的默想
为她滋养马匹。塬头上的石头
那声音是形状之一。路口之一
紫了的水和鬓边的云
就要走了。被雨渗入的行走呀
默守着遍地光芒

我陷入她。渐渐遥远的马

她在悠长中反复出现
踽踽而行。呈绽放的香的姿态
透过我认得的深处。紧紧抓住
面阳的山坡。长草的植物
都种了她的温柔和善良
我深至腹地
在马的边上。匍匐着
梦见有关马的诗歌

记忆与事件

某月。我怀念荷花
某个侧面。浸入死水
和淤泥的内核。质的体现

某月。荷的根茎
长成温柔的诱饵。惬意的浓缩
暮色里的尘风。想起晚秋

某月。做底层的影子
底层的藤蔓馨香而有力。沉寂
有完整的一朵向我开放。剥落的洗礼
在意外之中。挣扎的花环中

某月。插在掩埋的堤上
插在修补的目光上。凝睇于荷
缀满白色的苍茫。无处可觅之池塘
闪着青翠音韵。缕缕上升

某月。独坐宽敞荷叶中
随处遇见。普遍得舞蹈的玉碎
其玉瓣悬满冰清。拔节而去
美好得暗含花朵。轻扬而来

某月。我怀念荷花

被阳光肢解的手臂。于水下的漂洗
覆盖记忆之痕。无限撒落

冬日絮语（组诗）

温度

十一月或是十二月
一年中的寒风
被零下的傲慢掀起
被冷漠凝固

那些惊慌的表情
卷进了天空中
像很久以前故乡的火塘
在梦里燃了起来

很久以后
这场梦　翻过年根
幻想照进现实的春天里
被异乡人祈祷、祝福

耳语

不必担心　山间的明月
是否消逝在丛林中
一些绿色开始发黄
一些时光也被岩壁攀上

不必担心　远空的鸿雁
是否执着地盘旋
满怀的思绪在翱翔中
愈合犀利的言辞

不必担心　辽阔的诗意
是否栖居于孤寂之灵
耳旁传来的琴弦声
埋藏在静谧的植被里

不必担心　生命的容颜
是否被亲人铭记
在有限与无限之间
陷于深思　永不相忘

穿行

鸟鸣时分　翅膀安静地
落在花园的影子里
安静的落叶、草尖、花瓣
一清早就远行了

一清早　一只中年的灰雀
睁大了眼睛
从冬日穿行而过
却好像忘了从前
从何而来

长假断想（组诗）

出发

车轮，跟着黎明转动
十月的闲情
早被焦急堵于路途
空气是沉的
风景开始变咸
时间的气息，有点凉
被堵在路上的人
像一只只发呆的蜻蜓
停在狭小的烦躁里
微微眨眼，抖一抖翅膀

踏青

野外，终于静了
密密麻麻的荒草
伴着由近及远的脚印
倚在阳光里，有了倦意

要是再轻一些
就像传说中的故里
远离喧嚣的幻觉
向微风道声好

俯视那片绿了的原野
山的风头已足够大
不必怜惜，间或
走过一些微小的生命
间或，感受世间最深的寂静

望云

偶尔，云在幽梦中
被天空咀嚼
且剩下淡漠的夕阳
也快要醉醒了

绯红的天啊
快叫醒湿润的眼睛
推开隐约之窗
在火烧的丰润和甘甜里
追问最简单的意义

精致的，心尖上的云朵
住着谁的新居？

候月

见过苍老在等候中降临
见过，曾经的悲悯和哀鸣
在尘埃里降生，在等候中衰亡

月光，降临在溪水的腮帮里
降临在大地的鳞片里
想要驱赶那不知晓的方向

记忆悬挂在夜空
笼罩在不动声色的等候中
像流星一样闪亮
像坠月一样无声

返程

车轮滚滚，离开寂静
离开深藏了渺小的世界

光和热都争先恐后
涌到路中央
念着旅行的温暖或凄凉
阻挡渗入时光的惊慌

车轮滚滚，返程
竟是被淬打的历险
在凝固的空气中转身
在速度中煎熬膨胀

车窗外飘逝的景致
被现实的裂痕越拉越长
变幻成影，收起翅膀

车轮滚滚，心灵转身
欲再出一回远门

辑六

无极之核

纪念日

还有什么能够离开海，除了
溢出的黑暗，被酒点燃

还有什么，惊起的宁静，充满了流泪
隔着拨弹的天堂，转动着

一轮浅色的圆月，渗透在过去的时光
而今夜，正好是羽扇纶巾的全部

生活中的历史，或饱满的现实呵
如何能够离得开，沉重，以及对沧海的眺望

想象

在冬天，唯有雪漫过屋顶
一个巨大的夜，朝这边，朝真实和恐惧

涌来，唯一复活的白色
摆在巨鲸的想象里，天真，浪漫

像一个孩童的歌唱，从一个地方
结束，或者已经唤起飞跃

就在上方，一片被瞳孔睁大的雪地里
因为时间和思想，结识得太深、太久

无极之核

轻轻合上，声音，像搬开灯盏中的
亮，退到最远处，退在水的骨头里

浮游出蝌蚪的品质，宛如崇高的目光
合上，那些成熟的声音

被一根又一根茎蒸发了，果实的花纹
没有改变什么，只是树上长满了浮力

像身体，够得着的地方，哪一天
重量还没有改变，道德就在路上

醒来……

安详的，这是我的出生月？
一切都被灵巧的语言网罩了，那块湿了的

乌云，请放下我，摇动我亲爱的身躯
和我拥有爱情，森林，和狂奔的马群

你给我呵，诞生在花瓣里的神
给我醒来的意义，和嘲笑时钟的梯子

请不要沉闷无比，让我在深夜醒来吧
如今我还记得，早晨的镜子，曾落满了尘埃

鸟

请它快乐和幻想
池塘中的倒影是它自己的身体
睡在露天
以便能够向着太阳祷告

请它整夜站着
为了鸣叫
晨晖更适合它的需要

请它飞来我们中间
觅食葡萄酒和奶油蛋糕

绽开

不是云朵
和春天的乌雪

不是结实的花瓣
和九月的水声

不是指纹
按在浪尖之上

不是翩翩之蝶
告知灵魂泊在何方

那将一切预言的神幻
持续于黄昏之静

最响亮的绽开只在哀悼里
沿着往昔上升

在一只鸡蛋上涂彩

在夏天，用一把刀在鸡蛋上涂彩
这把刀光亮无比，锋刃尖利——这把刀
与多种颜色相遇，划出道道沟壑

涂画一群红蚂蚁，沿着爬行
红蚂蚁的身躯细小而深刻，伏在彩上
红蚂蚁往往复复，红蚂蚁擦拭刀身

沿着涂抹，椭圆的、实心的
背景，露出坚韧的脆——刀呀
犹如显现神圣的孵化，或破碎

一群红蚂蚁，扎破一个圆孔
红蚂蚁的躯体被稠密的液汁营养，伏在彩上
红蚂蚁川流不息，沉入梦乡

陈年的碎影，被一只老刀镌刻
剩下的斑驳，唯壳体呈异彩，凸现
鲜活，或生命一样的流动

空心灯笼

我是那个掌灯人，在夜晚，穿过花园
我掌着灯，让火焰在黑暗中扩大
我的体内溢出亮，和花丛般的幽香
如此，灯笼照着一幅清水幻象，四处传递

我的灯笼比风还快，我的灯笼，沾满了
彩虹的气息——比天空还平静
映在我眼前，铺着烧红的铁以及更多的
金属，盯着火，探照一个空心的夜晚

但闪电开始回应，越来越近，站在速度之上
飞扬——但乌云卷来雷鸣，尖啸地划破自己
是谁从空心的夜晚寻来，烧红的灯笼
撑在我潮湿的心间，如此，被明亮烫伤？

四壁的暗催响的钟声，举起疼痛，那是世上的锤
都落在地面，猛烈地投向过程的嘲弄
那是我艰涩的迷茫，被光亮收藏，庄严地
落在灯笼里，落在……假想的花瓣上烧！

仰视

一台台式电风扇，抵御烦闷的
风筝，它的倾诉面向苍穹，擦了胭脂

擦了胭脂的风筝，某个瞬间，沉醉于
呼吸，和被伤害的动感

或者隔着体温，冰冻三尺
隔着生命的底线，无尽地仰视

天空的唇线，掀开风之眼，纯洁又无私
天空的唇线，裸露出飞奔的本质

炎热的惯性

车辆和行人，拥上炎热的大街
抑郁于十字花型的阴影

站得很高的肖像，涂满车体
在斑马线里咬住飞驰的惯性

偶遇一幕穿行，一个疲于驱赶的角度
被比喻为红、黄、绿，三种流汗的密码

像石头入水搅动了路线和秩序
车辆和行人，被一束夏天的尾气缠绕

夏天的尾气，紧追着双层空调巴士
女售票员的声音像一把金灿灿的镊子

预言

洪水来了，我的耳膜掉进树叶里，干燥的
原本悬在高空的树叶，叠加于警戒水位
告诉你，洪水来了，我的回忆落在堤坝上
我的听觉被浪卷起，告诉你，洪水来了！

就在一夜之间，树叶掉下来，它惊惧地
张望，就要被打湿的根茎，惊惧地哭了

告诉你，水是一切的心脏，水跳了起来
——挣脱幻想、猜疑、力量，水是所有的轻
已划过软弱的峡谷，从血管里涌起洪峰
无限膨胀的水，就要来了，它已插入失态和疯狂

祈祷吧，却没有更多的时间
祭祀吧，阵痛的正是陈腐与荒唐
滚卷而来的，攀附着扩大的巨响，水是所有的
灾难卷走大堤，卷走温和的笑容
水是染了血的淹没——告诉你，洪水来了！
沿着淹没上岸！上岸！

一棵树

活在今天，被戴上灿烂的桂冠
就像骑马的光明
闪烁和嘶鸣

第十二次叩问年轮
你的回答如数家珍
斜靠在土地上

土地，被水浸润的土地
与你略谈思想
伫立在一些不会消失的年代

临近你逼走乌云的年龄
稳健和沉静
表达着峡谷中纷纭的内心

惊飞灌木的气息或忧郁
昨夜的长风
又为你驮起满眼的翠绿

一棵树
就是十月中永恒的抚摸
是生长带来了生命之线

默动

浩渺苍穹　凝望游弋的地壳
不必告诉我轻柔的明镜
照射海面纵情的飞鸥
那唯一默念的信物漂游

在深隐的交谈处我们结识
在众人之手上把握、占有
升上层云，我怀着纯粹的欲望
这本身使我复述花蕊的苏生

闭上眼睛，一种平静的大浪涌过
默起默落
占领我狂狷之身

从流荡的木屐开始
在默动中我得到力的启示
你敛着波涛拖曳我执恋的嚣张

量

我在想　唯有钟声
有种微弱的令人感泣之绝响
告别最艰难的身心俱疲的时候
全部与生俱来的理由在此隐含

跋涉到了无可挽回的量尺
生命展示其龌龊与圣洁的一面
却有显赫的根源无限煎熬
超度其黑暗而有效之享受

而尚存悲剧之念
美丽而珍贵的　哲性而终生的
我彻底而拥有瞬间结局的

生命究竟是隐逸的暗示
南辕北辙　置延续之泉于度外
因毁灭之灰而与蝼蚁同生

死亡与契机

他死去　作为一个响亮的名字
山炮的轰鸣被掩盖
他红色的血作为一种季节存在着
染着遍地丛草　山峦重叠

黑马在脚下飞奔
它的蹄声成为不可缺少的征兆
为土地留下一片坑凹
青色的石板被搓成流线

他死去
木楼在青冥中沉寂
陷落在死亡的契机之中

黑马狂奔　夜幕降临
他作为回想者的冷清丧失
山的表面披上素季的僧衣

老鹰之歌

瘦了　瘦了　这么多年
高耸的飞檐瘦了
奇形怪状的夜　瘦了
瞧你脸上的伤疤　灰色的麻雀
那笑声十分荒凉
你要勒死自己　绳索抛出
窗户　窗户瘦了

鹰　你　你的头真大
一些裸露的鸟从他酥软的脑内生出
勒紧脐带　你　鹰的头真大
放光　袒露
天空迷乱　他需要涉水之音
一只胳膊被舔噬
暗红的血　鹰

西边的夕阳袒露
整整一个季节流淌着眉宇之气
血污了他　你披满黑色的尖叫
冲啊　鹰　冲啊
天只穿着一串单薄的水珠

——血污了他
枪声响了　铁锈的气味潮水般密布

你呜咽地抽泣不止
鹰　在一阵惊异之后
他望见一片死寂的鸟

奔跑的野兔

奔跑的野兔　罗布泊
一座城垣消失
树干风干　沙粒掩埋了水面
方圆千里无人散居

奔跑的野兔
视野宽阔的晶盐
喂养涸旱的烽火
台上年久失修　砖砾崩裂
巨响的罗布泊
我的故乡在奔跑　野兔
背弃了千年水源

奔跑的野兔　烟啊　青草啊
烽火逐渐传递
我故乡的生灵
和饮水而死的骆驼的尸骨
坐姿稳沉

风水不动　罗布泊
见底的湖就是陆地
树干风干　掏成渔船遗骸的形式
奔跑的野兔背弃它
而它的祖先　它的游历的伴侣

罗布泊　一座城垣背弃它
奔跑的野兔远离烽火
用生硬的语言　背弃它

箭与雀子

受伤的雀子被射中柔软的
　　一箭
它的尖头插满了橙色的叫声
射击是一种若有若无的姿势
像心跳一样踏入雀子的体内

有些芸芸的念头
出自雀子疼痛的寻觅与飞跃
不可避免森林里箭的生长
它们和雀子从小在一起
雀子的翅羽像一支支橙色的
　　箭……

但雀子只会把自己射往高空
她的箭射完了
就只有像以前一样在地面徘徊
像箭一样橙色地鸣叫

蓝黑的鸵鸟

你走在最后
这些年是一种老去的水
混揉在一起

你干燥、浸润和表里如一
时间熔铸一切
大脑、空间、暗部
都是你背走的孤寂感
呈献于冷调的衬底

走在模糊之水中
你变成一种墨迹
脚爪成根
许多人对你关注
无光却有泪

泪是一种高度
亦是一种色分
你什么都拥有，什么都失去

漆的芒

芒的反面
带来一块漆色的顽石
在缓升的焰中生存
我听到响声
某种无形的移动长出根茎
黑森森的稻子繁殖
光芒在天
四面朔风紧逼
动若茅草
掏空的根内沉寂婆娑之象
叶子随处可见
我回眸的剖面发出感情
在踉跄之际　怒放
在这次语言的高度上
犹如一记恍惚的耳光
注视前侧
两足向后微倾　可以涂漆
漆的反面是那种走动的弧度
世界在稻子的膛中
我在芒的粒中

古代

我绝无承受垂死的植物之意
挣扎中　旋转的形体
执迷于自然的本性
毁灭超脱的气息
过去　我走向古老的山崖
那时喜马拉雅山脉在变形
遭受苦难的风雪
我看见景象失去特色
失去一层一层上升的机缘

一层一层的绿荫
在变形　像高不可攀的痛苦
形成水而注入山脊
那方式时而异常响亮
时而　阳光缓缓移来
与之汇合一体

它使鲜活的光芒溶解
使侵蚀存在于肉体之外
失去肌肤的疼痛

我亲眼看见这一切
有一棵疯狂的杉树
失去水分　失去

表皮和年轮

这一切都源自古代
透明和雪白

故井

我想起水　然后
走进巷口
那条路我走了无数次
直至太阳成为余晖
我就走开
提水的姿势摇摇晃晃
滴水在独耀

太阳远去了
我的忠贞却守在井口
这是最具浮力和怯懦的刀
刻成一种解脱的文字

然后我得到你
桶是木质的
我索取的过程恍似厚云
卷积在巷尾　而井口
成为彷徨的核心

故井的位置
使我穿过的念头打消
或者　是那种母性的光辉
来到一个拒绝的尘世

五谷

五谷　或者五谷的壳
在乡村的木质风车下
摇动手柄　飞扬……
禾苗长出它的枝、叶
以及它绿色的语言
播种在秋天
在农夫的臂膀间成熟

竹筐里的年年岁岁
都是古老的品种
相信它们哭泣　泪洒在堤上
垒成泱泱水利

而我能够做的
不是夫子一样出门远行
寻访水以及阳光的比例
作物从谷子到黍、小麦、稻
大豆和大麻无所不在
像思维一样缠绕着我　漫延我

延山漫谷　是一片痉挛的流域
覆灭而后栽植　而后
让人们分清籼粳

诗与真

看你　看我
而面临一种真伪
我想知道心的通道
在流何种颜色的液体
想知道这液体
从何时起磐石般硬化
由此我获得见识
凝结成风景

我可以写道
印象　题材　生命
　　还有德行与理念
我不曾忘记
不曾忘记诗神
与空灵的想象

这能使自己超越
在真我的观照下清晰吗
或可以坐在纺纱的床头
翻阅络纱一样的诗
或取出一册素描
关于最原始最感性最单调的
　　心的魔力

抒写深入
尘世在痛楚的回忆下
堕入绝望的平生
这来源于精神的写照与欣赏
而我作为画者的笔墨
　　和作为诗者的真
被语言所淡化

由此我心的通道
遗失浓度　无需赞美的言辞
亦可为故乡与异乡送行

双柱

从林中青色的交合
离开各自的磁性
柱纹繁杂　水草散开
遍插栅栏的深处

苍老的是被刻画的根
那些自然的雕琢
由此进入

生存者的生存
更接近精灵
或来自生命的源头
被牢牢钉下

坚硬的土地　煮熟了粮食
绕过时空的博弈
水在大地上　不曾流失

星移

现在是雪夜
光的节奏迎面而来
我想起移动只是那种
流体的感觉
星在此闪耀着宙斯的光
清醒的空间拥有冷峻

在沉默中思索
我想起一群阴云
坚韧地凝视
一时间洪水、地震、海岸的呼声
仿佛一条短暂的轨迹
在走过的地方冷成雪夜

就有骤然降临的喧嚣
在黎明的地平线的一端
攥紧僵化和复活的灵思
我就此敏感
就此在它流动的体内
倾听回声

开凿编织的梦幻
那片活的线条日夜都在创造
都在雪的脉络里

分解每一径溪流

我看见　闪耀的星空
留下旅行者的足迹
移成雪飘的一部分

啄食者

当鹏鸟的展翅触及江河
当震颤的风光被吞于冥冥的飘曳
孤寂的啄食者满面狼藉
隔离河山的深渊
尾随鱼群翱翔

鳞片披挂在饥饿的年代
午夜吐着泡沫
鹏鸟穿过山川和田野
啄食洗净的铁渣

天空中的影子　俯视
一条倒扣着的江河
游离在柔软的鱼齿间
沿着一条烧木炭的山路
寻找祭奠之物

想象一些美味的食物
像海的潮汐撞击胃
流出酸性的液汁滋养自己
在轰然坍塌的废墟里
催促自己

啄食是鹏鸟飞翔的捷径

在翅膀萦绕的冬季
搏击成冰与水的悸动
踞坐在废墟上　俯视
苍茫大地的生灵

存在与虚无

我于梦中追问存在
枯寂地仰躺在天空之外
舔尝一次生的自戕
那破碎的灭亡与活脱弥漫着
披成一件滋养的衣裳

在一片充盈的田地里
诗人都钟情于风云和雨夜
但缄默不语的领地
被一群彷徨的猎鹰侵犯
成为一次掳夺的风险
荒野中　大地追问天空
用生长的作物酿酒
窖藏于暮霭之夹缝
畅饮雄性的膜拜之歌

那你还断绝什么
请抛弃守夜者定格的浮生
揭开飞絮的面纱
炽热那愚想羁绊的妄心
叩问虚渺而纯粹的真实

呜嘟

每一种泥土都有一种声音
骑上牛背　放牧清明
祭火光亮而徜徉
你一腔阻塞的草
在眷恋中繁衍

牧童成群结队
传宗接代的圣钟被敲响
那种体温一样的乡地
立起无数座有关音域的碑
它们源自何方　又去向何处

民间就是你契切的感应
呜嘟是乡地里的长者
为驻守而默默无闻

呜嘟是一种吹奏的印象
围绕民间图腾
你可以捏造生动的泥具
像长者一样竖立起来
在乡地间　命名生殖

人面猴

出场时分
门是一次攀岩的剧变
倒向你空空的躯体
我怀着古朴的心情惴惴关闭

眼光融于缝隙
而后是涂着五官的动作
麻利地架起一只麻雀
跃于脸上　像啄食一样剥离骨骼
呈现出那支厚实的剑
舞动中喷云架雾

一声乌黑的杂音惊动众人
他们紧闭房门
在黑暗中掩藏顽固的一面
而后每一只无面之躯
潜入柔软

另一次无声的悸动
预示着可以观看的圆满

跃

画中豹　我要为你送行
送你一双明亮的眼睛
送你两对鸣响的铁蹄

画中豹　我要为你送行
送你摇身变美的毛皮
送你比黄金还贵的豹胆

画中豹　我要为你送行
送你跃上伟岸的形象
送你跃上锦绣的前程

栖居

仙鹤在哪里歇脚
星星不知道

仙鹤如果要落窝
猫头鹰眯着眼
说　朋友
这儿有的是好日子
你不是最后一个

孪生

史载　孪生就是切应力
将晶体迎面分割
切变的晶体一分为二

野史　孪生
就是双胞胎

现今　孪生有点变化
它们相吸又相斥
相恨又相恋

黄釉时代

远古的陶器
被我梦见过多次
黄色的釉面铮铮发亮
沙土的身躯让光阴踌躇

远古的陶器
像个过来人
什么都清楚明白
既不喧响　也不沉默

远古的陶器
与时代保持着距离
与水和土壤保持着距离
将秘密埋藏在自己的世界里

远古的陶器
不是时髦的厅堂摆设
不是衣衫、靴子、砚台或器皿
而是注视我们的目光与姿态

勿声勿视

谁会在这青铜的世界中
遇见铜
遇见揣着果实的心胸
遇见闻香的嗅觉
清澈地扩散

闻香识人
即便男人、女人
不看也不听

闻香识世界
即便社会、自然
不言也不语

谁会在这青铜的世界中
遇见梦想成熟
遇见青涩之果日渐丰满
遇见静谧的嗅觉
远远地攥着福祉

浮现的尺度（组诗）

烛照

烛啊　狂风的使者
编织灵魂的深度
和蝙蝠的意志一起：浮出诗歌

黑夜的烛　连同那些金饰、美酒
和穿透朝夕的蓝衣衫

纵然是智慧的疏忽
纵然是遮掩的缺漏

如果她得了黑而亮的
烛　传诗诵经的匆行者

盘踞一方
目光比诗更明亮！

碎片

击碎者正如花的开放
一种倒挂
被芬芳之邪导引

而接近　以浮现之躯
接近一只天鹅

她的卵多么广阔无垠
落地便生根——

她的外表正在石头的裂缝中
沉静　沉静

花粉的击碎者啊
当视她为孵化的言辞

创造的快乐

太阳的时代
她为海洋之舌浇育激情
却被纯洁拒绝

一股偏离诗歌的美声
偏离美和丑的记忆的风筝

哦　高度
她那被埋葬在爱情里的象征词

她那紧绷的四处伤疤
迸射的血　和换取精神的大全景

哦……

一定是诗的童贞献给了她

心灵

将萝卜放在手心
将蒸出的品质　头像里的火
躲过次日阳光的降临

好比袭击高贵幻美的植物——
沾染了红的萝卜

带她到落雪的黑屋中
摸着嫩枝　摸着……

轻的泡沫正宛若空心的洪水
朝着夕光款款铺盖

这一切
都藏在最后的白中

未来世界（组诗）

后院的尘土

这一年我第一个对未来预测
利用喧嚣的模式
构成认识　在我家后院
迄今余音不绝
不同的沉淀现象
在大气上层
我家的椭圆形屋顶
是一粒尘或尘上凝结的雨点

第一个带有气泡
铺在斑斓的层面上
后院的侵蚀　酸雨的介体
描述成占卜命运之水晶
淡黄的撑开的叶片

一枚深红的果
在四面粒尘之下
大相径庭　甚至不足为奇
预言已到什么程度
或脆弱的分歧
是如何流传在后院内的

编制开来
我家中被晶体污染的尘土
后院模式及前途光明之一种
第一次叙述了散射
后院的尘土的散射
迹象与推断的散射
我发现　是所有的资源
堆在遍地光耀的后院地上
到处都有雨的形象
到处都有硕大的味觉
被尘土一一沾满了

家中常有血红的霉

家中常有血红的霉
是因为　霉常生于家中
且呈紫色
四散而开　似花蕊一样
在每一个角落伸展

而血红的霉
步入过程与阐释
有一面往蓝的方向过渡
与红的那面　在墨绿的边缘间
融于无限增长之中

家中血红的霉在增长
面貌清晰

趋势与影响相关联
在工业的造化上
达到平稳与真实

家中常有血红的霉
是真实的
霉上常附着血红的颜色
是从各种各样表层收集而得

枫树的花粉

微小的谷子　半边椎形的谷子
在夜光普照中衍变
失却壳物
生成面色光洁的瓣

结成一群盟友
结成静止和沉默之盟友
枫树的周围　晕一层橙色光环
花粉闪出清白
在黑暗中摸索

相互的微笑
对待历史的想象超越林间
我仿佛依此阐释
或澄清枫树之种子
花粉拥有的土壤

那种时刻泛着浓香
指明途径
或者未来常听到的生态之中
我们十分富裕　与兽合群
并关怀于枫林里
沉醉于椎形的花粉里
微小的繁衍里

冰结冷的六方晶形

六方晶形　六方块垒
梦幻下的魅力
保持清新　而展现出
梅花的质与姿态

太阳下的方式
背驰六种方向与道路
相信无限生长
和自然的冷度
冰结中的活力叠现
雪花的六个方面

六方冰结中的冷
对自己充满虔诚与信任
孤立或者简化
现存美的晶形之来龙去脉
其界限凝冻于六种范畴

一种与污染的美耦合
一种为天然与人造之联结体
一种取决于如何行事
一种作出精密的推想
一种从冰结中带来一个毁灭性前途
一种获得幸福甚至梅花般生存

云中雪片

云中的雪片落在我家
平淡无奇地落下
却有其意义　人人都懂得
某种程度上的幽深
人人都懂得
世界未来模式用之不竭

我眼前洒了一层雪片
不是液态　而从长远看
雪片存活于云中
下落过于突然
使我猝不及防

在这个有限的世上
云中的雪片使我衰落
凭主观预测一切
一种假设
或另一种宽阔的环境
已抵达云层顶端

顶到了雪片的固态内部

云的内部　缓慢开裂
这仅是我的认识所及
坐在落雪的家里
看见云中雪片在多维天空形成
看见一把钥匙打开了什么

而什么　吞吐着云中雪片
预示未来的茫茫世界
满天雪片
云是载体之一
显得多么平淡和无奇

时光偶拾（组诗）

晟

太阳出来的时候
照着我的脚印
它们也那么明亮
朝着山顶登去
朝着年轮登去
朝着光辉登去
悲愁也被遗忘干净了
不知去向
困惑也被破译了
不再黯然神伤

径

粮食不是道路的起点
黄金也不是

山丘不是道路的终点
云也不是

道路只是道路的起点
道路只是道路的终点

坤

在所有星座的身上
镌刻虔诚
自经纬乾坤
破壳
而出

阵

在哲学上
布一盘棋
而　生活中
却不是
一场
游戏

极

在诗歌的神龛里
用最简朴的语言支撑开始
如果青铜时代
可以改造成未来的耳朵
我们便能倾听极地的博大

从零到无穷
还有其他什么

浮

思想的外衣
被一圈圈光晕罩着
天空的脸
收起了表情
一头陷进浮华富贵

浮现的尺度
藏在　看不尽的
深处

漂

木棉花
去年春天就开了
只是　花瓣去了天堂
它的脖子上
长出了粉红的飘带
在今夜的水面　漂

隐者

或说　大隐隐于市
集市朝野无边

或说　小隐隐于野
世事山林无岸

或说　无隐系于心
隐于是与非

幻象

陌生人
请留下
你匆匆的步伐

辑七

静寂之声

珍珠

我见过的
最沉默的白

我见过的
没有微笑的开端
把自己的声音埋在
辽远的月份

一个山头上
和我见过的
大海的流向

那是晶莹和脆白
不易被世俗玷污的
歌谣

去看触目的光芒吧
掀开阳光和贝壳
挤出最白的盐
和蓝色的海面

是我见过的
闪亮的时间
掠过非常美丽的营养

如释重负

落下
夕光中不散的回忆
被涛声串起来的纯洁
挂在永久珍视的目光中

匍匐的碑

此时，大地上最慈祥的
心灵
带来了今天的美德
匍匐着谦和、稳重
与委婉的荒凉
不会渗进血液流过的大门

此时，请记着力量型的
声音
颤抖着的灵魂
一道诠释嗓音的风景

我记着匍匐的特征
正在自己的躯体下
流淌
一股内心的铭刻与歌唱

我还记着远远的武陵源
游离了一下
如同激情被岩浆欣赏
爆发出母体般的独语

我不是歌唱
一座早已被遗失的碑

它已完全潜在石头的意识中
肃穆地匍匐着
岁月

而那灵魂的山脉呵
正处在人类的高度
让血液流过世纪之门
渗进
饱经风霜的呼唤

穗

你的经历是一次生死之旅
为面对阳光
你忍受着饥渴
在沉重的土壤上延续涓水
春天因此而油绿

你深信自己是自然之子
你为天空劳碌着
每每让一颗饱满的子粒
变得诚实
这就是你的一片婀娜风姿
浮雕在世界面前

在断断续续的季节中
你为历史驻落
把那些生命源轻轻挥弹而去
自己便在枯季中度过余生
甚至为火而燃烧

没有谁不知道
你来时很安然
去也安然

在静默赐予的闪电中

——观话剧《雷雨》

在静默赐予的闪电中
是人性的裂缝和平淡的寒露
预备了幽暗的盛筵
以雷击石　粉碎恩惠之花
冲刷掉大地上最坚固的枝丫

为什么不　悲哀的面容
守护着心中微弱的焰火
为什么不　雨声潺潺
弃绝无处不在的深渊

一群群苍白的旁观者
在异乡　归隐于沉默
那是悄无声息的乌云的主角
变换着爱的意味
迷醉于灵魂之间的相互倾轧

沿着闪电捕获隐秘
在眼睛里敞开
尖利的狂笑　震颤的风暴
宛若早已遗失的惊恐
傲然不动　掌握着时光之手

游离的场景使我们被裹入

更轰烈的雷鸣中　我们
与愤怒形影相随　我们
正绕过灰暗的耐力
盘踞在癫狂的轮回与真实里

在睡眠的意象里

——观话剧《日出》

一个夜晚　左手距右手很远
纷扰着享乐和悲凉的城市
挥一挥美与丑的步伐　颠覆
迷失于黑暗中的高潮

升起来又逐渐拉近的
不是我们的心灵
升起来又满载着骚动的
不是我们的共鸣

错位的情节　时常被时光遗弃
即便是很短的叙述摇晃在剧中
即便是人人的表情都被无限扩大
在睡眠的意象里　唯有
左手是纯净的废墟

但太阳出来了
纯净不是我们的
但太阳出来了
我们无法再睡去

柔板，雪路之行

越来越多的纳入
熔合雪路之行
包括海顿、莫扎特、肖邦和贝多芬
都将成为过去优美的段子

包括舒伯特应用赋格的形式
海顿结束他的太阳四重奏
一个复杂又洁白的生命交织体
其剧变因谱写而获得

因谱写　雪路之行与任何演奏无关
芬格尔洞穴把梦幻引入
门德尔松以交响乐的曲式结束盛行之旅

带着敬畏而羡慕的眼光　李斯特
一切热望的音乐曾被鼓类叙述
音阶铺设的雪紧随于节律与和声之后

琶音

那正是熠熠发光的太阳
像某些澄明的素描
我看见它金黄的色彩
奇迹般飘落到眉宇间

仪态整饬
有种崭新的和谐在推移
那正是宁静深邃的人类之溢
认识到暖和而凝聚之重

比天空更易接近
一种无声的呼喊
那些水在地底翻腾激越
那只手被高高举起
暗示着大量开阔的事实
在轻柔的花园里
从芬芳的颜色中走下来
在沐浴的残阳低沉的节奏中
我理解那缓慢的手势

比以往更清瘦
跃动的音符只与生活有关
平易近人　稀疏的琴弦扩展若云
深沉的召唤得天独厚

那时候　正是神奇的凭借
在夜色中隐约可见
息息相通浩淼的地底之音
以及远游而归的心之搏击

处女泉

美丽的丝纱披在她肩后
遥望教堂
有一段间隔　圣钟在她身后
呼唤她
美丽的圣钟关怀她

向往神圣之地
她独自前行　施食于路人
路途遥远
饥寒的人恩将仇报
撕碎美丽的丝纱

含怨前行
有人注意到她的美貌和圣洁
悲伤的时候最易击破
圣钟敲破
她丢失听力已久

少女维斯塔娜
靠在一株乌杨树旁
一次风沙连根拔起
她泪如清泉

维斯塔娜被轻轻拔起

教堂之顶遥遥在望
有一段间隔　圣钟在她身后
推倒她
维斯塔娜　在她身下
涌出一股源源之泉

给爱丽丝

爱丽丝　你所身处的地方
一定幽荡着那首古老的和弦吗
也许是五月的歌喉
唱成你的故事
你的眼泪　你的容颜凄凄
不是吗
爱丽丝你纤长的手颤抖着
谱写着自己

人们都像面对朝花那样面对你
敬仰你
你是在自己的花园里吧
爱丽丝　你的园丁们已度过几个世纪
他们浇灌你的声音
就像今天
人们常常倾听到的那段乐曲

爱丽丝
有人说你到过无数美丽的地方
那些宜人的气候
让你的头发变成风
在时间面前吹来吹去
爱丽丝你在那里抽泣吗
你站在一条溪流旁

用手涂染着森林
爱丽丝有人感到你在跟他们握手
你的手是春天吗
爱丽丝……

你优美的舞姿
已经像风那样走遍季节了
人们渴望像你一样有许多经历
有许多情感
你在用轻快的舞步抹去泪痕吗
爱丽丝
也许你自己就是那首曲子
总有人站在你的窗户下面
你知道吗
爱丽丝那人写你的时候
你已经不能歌唱了

你的歌喉消逝在忧郁的声音里
于是　你用纤长的手
弹奏钢琴曲……爱丽丝
爱丽丝……

浔

水边　一个叫阿狄丽娜的姑娘
在钢琴王子理查德·克莱德曼的谱写中
诞生于巴黎远郊的塞纳河畔

缓缓流动的河水
见证过奥赛博物馆、埃菲尔铁塔
和古希腊浪漫的神话
阿狄丽娜正迎着晚霞洗纱巾

理查德·克莱德曼的琴声
打动了岸边的一草一木
将阿狄丽娜的纱巾幻化成境
那些被打湿的色彩
正是阿狄丽娜的气息
离岸很近

潮

我将它挂在钢琴上方
陪伴琴键的节奏
不管白天黑夜
不管现在未来
让音符舒展在入海口
让旋律随着潮汐回旋
让海水盛着旭日变得五彩缤纷
让五线谱卷起浪花
铺天盖地
永不停歇

王子之祭

其剑伸在上帝的膝上
手伸在剑上　跪下吧
在玫瑰的调季把心灵的尘土掸尽
花瓣和泪水埋在水里
不管土有多厚　苍老的声音与你同在

抱紧灵魂
抱紧死之前的命运和雷雨般的夜晚
那惨淡的光线照耀着流水
虚弱地种植你的记忆　而后浇灌

那些气候的中伤使你严裹自己
你的树指向哭泣的森林
干若磐石
你用木矛砍杀深渊里的坟茔
用撞击的火花燃烧整个山脉

犹如你的胸膛
哈！哈姆雷特　伸出你的剑吧
把毒素涂上其尖头　而后
用它去刺杀你的忧伤

猎鹿人

现在我仍是鹿的朋友

山中丛林。宾夕法尼亚州的钢铁和子弹
一个临近冬天的春暖花开
狩猎的季节。我们坐在山巅上呼吸

关于树叶。关于俄裔兄弟的血液和根
但世界的公民。走向婚礼的飞翔之鸟
如一只真正的幸福之鸟
凄冽而翔。丰满的羽毛使母鹿回头
那一眸从头至尾穿透阳光

告诉我那仅是一次取乐
让欢乐来自短暂而脆弱的时间
出发前。阿勒格尼山上的鹿们念念不忘
从美国的丛林到越南的丛林没有边缘
任何飞翔之鸟都身临其境流浪转圈

现在我仍想自己是鹿的朋友
鹿是鸟的朋友
那是最后一次。从工业的文明里揭示枪弹
或者战争。是什么带来原野与丛林的挣扎
射击或者狩猎
只有大地的深处才藏有家

告诉我。关于群山之腹
关于俄罗斯的春天。未见过的雪和轮盘
每转一次便赌你一次俄裔美国公民的性命
躺在撒满钱币的地方
看守是一群食鱼的鸭子
越南西贡的旱鸭子
让他们失去语言的联系

那火爆而孤独的战争
固执地带回肉身。鸟的翅膀与丰羽
在鹿与鸭子的幻想中渐渐消失
他是尼克。一个俄裔美国兄弟
最后一轮俄罗斯赌盘上的枪声
正是他自己扳响

鸟儿在悲伤之时鸣唱
鹿在悲伤之时
站在阿勒格尼山的巅上回头一望

西线无战事

枪声沉寂时
我想起保罗：一个普通的士兵
一个捕捉蝴蝶的德国人

一九一四年，西线无战事

蝴蝶旋着裸露的精灵
在废墟旁与一堆植物共进早餐
保罗说：那些战壕真美丽

获得一次神秘的震惊
山水失去幻象，涉向另一类生物的召唤

早晨的蝴蝶扇动永恒的羽翼
在露珠里碰撞和创伤
在广阔的农田里前进、前进

西线一望无垠，大地生满补丁
蝴蝶盯住保罗的手掌欲罢不能

他长着老茧的手掌
晶莹又透亮，是巨大的支点
手掌的捕捉与反捕捉
宛若天边穿流而来的暗云

保罗在冷冷的声音中
倒下去……

一九一四年，蝴蝶停在西线的战壕里
不幸的流弹始终击不倒它

马路天使

寒冷的那不勒斯的一天
拐弯的马路一直伸延到尽头

时间正好居无定所
那妙龄姑娘与落魄艺术家的对视纵升火星

贫穷的日子浪迹城市的角落
那不勒斯的季节宛如鲜花里的蕊

抖落在她心里。燃着他的眼睛
在马路边上拾起某个黑白两色的小情节

大歌剧院敞开嘹亮的大门
那不勒斯立在阡陌马路的正中央

有个天使对我说
这座美丽的城市得在欢悦的前夜默默流泪

夏天的抒情

西山的护林人手握一把斧头
走到我身边
他轻拍我的肩膀　指着远方
有一团烟云弥布在那里
我的身边　一把磨光的刃具
宽阔的山沿

他指着我　有股令人目眩的彩虹
指着我宛如灵魂得救
你在不远处用生命等候着
含蓄不露的风光
给予我的是些并不深刻的
修饰　那些粗质的沃土
密集在大树底下的普通感受

偏僻的隐居之处
浮着柔美之云　你是现实的
还要忍受经常出现的回旋
在上面　我手握一把斧头
走到你身边

夏天　这段时间真诚而冷静
西山的阳光像一堵墙
在原野里扩大　远眺西山

平淡得泛绿的层面
从山顶滑落
你的视线开阔而浩大

我替代他　西山的护林人
走到你身边
宛如生命与灵魂的守护者

视野

打开！船从下游来
打开！梦从江中来
这情景与火把的面具重叠
这视野坠入深化的民间谚语

返乡的过程，该趁着年少
只记得满地的金子
像是洒满了午夜的山脉
乡亲劝我，坐到春天将尽时

我就在水的中间
留下来陪阳光与花朵的融合
是什么打开了香帘低垂的窗

而谚语说：今年玩的是草把龙
龙从江中游来，船载龙而来
就好像年少的我从稻田里归来

草原

南部　长着茂密的草
在一条回归线的一端
我们坐下　像圣人那样坐下
我们都是食草长大的人

真理从他恒久的嗓音里发出
怒吼　他是草原上生长的小麦
我们倾听他那滚动的脚印

他顾不上回忆　千里万里
被草的时空无限穿越
恒久的空间　他是最早食草的人

巨大的空间　圣人从中得到哺育
他长袍的袖中藏满优质草种
满怀激情　挥手掠过今天的天空

鱼塘

夏天的鱼塘，养满鸟语
夏天的鱼塘，撩动传递的绝句
鱼在下面仰视，像本线装书
古老得回望始祖的世纪

在纯朴的品质边上
鱼儿与荷花相连，与诗歌相隔
我寻探的心情打动了它
正午，我紧抱着太阳这根酷热的柱子

不知道鱼儿的汗是什么
蝉鸣散落的地方，仅被辛劳喂养
我总看见锄头的方向，朝上又朝下

一直锄到鱼塘边上，高贵的锄头
反闪着乡村的阳光，反闪着畅游的诗歌之光
最后，赤脚踩进夏天的鱼塘

瀑布

从中传出阵阵敲锣打鼓
从大红的腰间
溢出翻腾的响声
好像土黄的镜子照着天

一棵树就伫立在那里
平缓地向下伸展
一直结着那只大黄果实
在石板的映衬下光洁和悠远

那束洞中的阳光
穿透小寨的街道和游人的脸
凝成方圆百里的水帘子

一拉便拉活了世界奇观
一直站在那里为大地浇水
以粗犷的嗓音唱醒一天

鸟岛

这种季节属于鸟
鸟呼吸和盘旋的地方
隔着一片炽热的汪洋
鸟隔着洋面安静地飞行

穿越水的体内
秋高气爽　接近透明
岛让鸟领略了红枫飒飒
羽翅展开时鸟就在树枝上

美妙的岛上驻扎着美妙的鸟
以滩石垒家
以太阳捧出的作物为食

一声尖啼的鸣叫来自岛的深处
与季节轻轻握手又道别
雪飘时鸟在岛上更温柔

海滩的回忆

给我唯一的荣誉
水底的生活。啃白馅饼的鲸
巨大而无穷，骑在它背上
光滑的墓碑敲醒仲夏夜之梦

粉色。后台拥有蜜的花束
给我少年的乐园
对往昔缅怀，让乌云及阴霾的脚印
沉浸入鲸的巨腹中

给我月光一样的蓝色
海滩上的盛况，姊妹就在旁边
以涛浪的仪式注成墙外的岸

迁移。给我航行时的祝语
在逆转的一端给我
狂风来时暴雨留在滩上的痕

梦幻组件

一

从这里密植高大的树
借去的光，盈虚圆缺
月光照耀的就是我的幽居之处
我所要去的地方
悬在上面，光的是昼
在森林里控制着
静寂的一种

二

地底涌出，梦的蒸腾之口
有一回灰暗的鸣声和血
有水中泅泳。要用
你的双翼和展开的榆树
恢复平宁
要用混合而滋养的幻觉
等待土地和风

三

暮色。迸出光亮的天色
那戴着轻轻面纱的烟

那散布在不远处的
整个原野

是流水之溪。生命之源
流淌在闪耀的夜
戴在头冠上
搭天界的帐篷和帷幄

四

同时，温暖的沙泥、岸边
从远空发出光芒
按冬天的时数，还我原形
而渗入温润之中
色泽光润
流出无比庄严之景象
我宁愿独守在此
从远空
纵观下面四邻的寒气

火棘

四月的灌木。一只手
在安静的街道上
在巷口的最深处

戴在肩膀上。你看
像着凉的白睡袍
你看
天在阳光的尖上
每次都遭遇
刺痛。请多穿上衣

开绿色小花的衣服
纯棉的、可让烈火靠近的衣服

让城市在玻璃中舞动
让果实在花蕊里生虫。或者
干净的酸
需要一把尖刀
从茎的根部顶着待削的品行

从上面让我看见镊子
看见阳光和残雪在风暴里缠织

追思

最新的风声掠过
你的眼中　歌声被选中的情景
位于变幻光影下的身段
放出柔姿和热情
奔放和宁静

你的体内　堆叠花朵
长于体内　每季都被推出
绷紧的境界与心情

涉水而过
穿白色衣服走遍各地
接受赤裸的肌肤的洗礼
紧贴于温和与冷间
抖动绞痛的双手
伏倒在地

那双臂唯你熟识
蕴含明辽与坦诚
随处可见　慕者誉你
吹奏哀伤的组曲

内景

月色撩人的夜
恢宏如潮
翻腾在山岭之下

狂躁突进的夜
崛起中跳出锐利的犁尖
划入我绵亘的胸膛

唢呐直入野火
冲到浑朴的声音里面
我听到它说　忧郁的河啊
灼热的充沛的见证啊
听到它说
暗河流淌进浩荡的庆典
荒蛮的号子吹醒辽阔之颂词

苍劲之风吹拂的夜
炼火飘戈在灰雾中
直到躲避开山月的奔窜与狰狞

用舞蹈铸出的夜
聚集了梦里不散的白眼
在漆黑的洞内耀目地抽象

第十条线索

悬在一群外来者的头上
这块土地上
扎根而得辉煌的成就
折叠式的书籍
拥挤在一只窗口间

豆类、野味与鱼类
全呈现在这里
探望铁索的深度
火车的前景

那路途之转变
收集在混杂的站台与轨之间
新的路线和留在地上的雪
雪地上的血
仍然是今日之舞者

最后的舞者
敲碎该线索之所获

推手

手握着手
抚摸它们的表面
深入它们的魂灵
像石头一样
伫立不动

手握着手
目光退回到历史里
手指隐藏在沉默里
言辞在恍惚间
孕育

手握着手
问何处可发力
拉，或者推

池塘

我梦见　野鸭塘边
好些飞禽都在
下蛋

蛋们孵出了
我们身边的景象
那时明月

那时风景莫测
唯有明月从憔悴中逼近
从被遗忘的曲调里
刺穿胸襟

那时明月

照散了旷日持久的雾霭
以及沉甸甸的
稻谷
千年的风骨和躯干
抵达沉思之夜

预备更多的勇气
甚至忘掉生存与幻想
也在所不惜

寓言

春天的寓言　花团锦簇
石头也变得凶狠了

夏天的寓言　丢在了湖边
大雕的舌头长满老茧

秋天的寓言　瓜落地熟
藤蔓们雨疏风骤向闪电回头

冬天的寓言　在海底畅游
你追我赶纵使天上结了冰块

从

草垛　从傍晚开始
就醉了

伸手的夜间
芦苇开了　惊了鸟的脚步

红彤彤的泥潭
盘旋在泥鳅的头顶

夜晚的草丛划过一片
灰白　湖水睡着了

葱

倒影　在芦苇的腰身上荡来荡去
它的过去埋进了清淡的水面

绿色的光阴漫过旷野的眼睛
淹没了往昔的风暴

肥沃的泥土安然无恙
如同珍珠一样洁白、珍贵

葱郁的芦苇们繁殖空灵和静谧
草绿的空中　发出亘古不变的邀约

静夜思

床前山月　照着思乡曲
林间清泉流往心间
晚霜洒落一地
冻坏了思绪

爬上树梢的山月
照着明天的天气
你知否　故乡的海棠
何故芳草萋萋

静寂之声

一股潜流敲打着世界的叹息
静默地升起硝烟
升起山野丛林
和大自然的亡灵

静默地　升起
声音作为世界遗存的理由
随着暮色升起
在云雨中感受万籁俱静

清晨越来越深
源源不断逼近孤僻之乡
噢　那些暮色的声音
已渐入佳境

月色之上（组诗）

隐逸之夜

那一夜　微风把心绪埋进祥云
埋进寂静的树林、湖面和西山之巅
百年松针刺破了凛冽的寒意
惆怅的尘嚣　被唤进了童话

童话里　尽是隐逸的人群
在时光里穿行

那一夜　风被埋进
细密往复的风景里
沦陷于前世执拗的温情

月色之上

山巅之月　远在天边
连接黑暗中的暗
隐匿暗处的喧响

撒落的月色漫过山谷
像近在咫尺的诉说

月色之上　夜空一点点累积

不经意的私语
——今夜的月色真美
惊扰了满天繁星

风的表达

说吧　风声
那些被月光勾勒的轮廓
疏密叠重　非虚非空

山风　延续山野的气息
像困守生命的体温
笼罩在云端与丛林的枝头
幻化为畅神之境

说吧　风声
生长的意念吞噬广袤的原野
一望无垠的夜也变得湛蓝

灵光

一次次辞别　时空的专列
穿越灵魂的荒芜
和另一个世界的景象
席卷沧海桑田而去

灵光闪现的世界里
驻扎着久远的族群

尘烟缥缈中　寻觅的足迹
遍布夜里多梦的小径

灵光一族　被梦境照亮
像一场久违的遭遇
打盹的瞬间辞别孤寂
来路和去向
竟都注满了心灵的倒影

巴黎行履（组诗）

蒙马特高地

蒙马特是巴黎的早起者
天还没亮　梦就醒了
从圣心教堂走出来
眺望全城　远处
反射的阳光是安静的
炫耀在巴黎的天空下
汇入放射状的街区
汇入冬日的晨露
清亮而透彻

蒙马特是巴黎的阳台
是浪漫的诵读
掠过曲折和信仰的经书
是城市的鸟鸣
悬挂在洁素的魂灵里
是竖琴的音符
触碰心和开阔的旅程

蒙马特是巴黎的守望者
她的阶梯上累积的尘埃
与生命相遇相知
在年月里　睡着了

橘园

在杜乐丽花园流连　橘园
长在塞纳河的记忆里
不过两间椭圆形的房间
长满黄昏、云彩、柳条和光线

去橘园　却进到长满睡莲的
莫奈的房间
它有着　轻柔的天光
泛黄的笔触
淡蓝的凝固的眼睛
注视来来往往的面孔

那时　莫奈还在吉维尼小镇上
种植花草　做一个静谧的园丁
沉醉于花开花谢
他不知困倦的身影
倒映在池塘里
撩拨睡莲的心事

莫奈说　人生最完美的杰作
莫过如此
睡莲睡在真实里
橘园无橘
正门口争相留影的人们
簇拥着罗丹之“吻”

仿佛一组岁月群雕

向布德尔致敬

布德尔故居　一匹马
站立在激情的源头
抬起左前蹄
抬至法兰西的河流的高度

她凝固了　一个个英雄
被轻抚　被润泽
她嘶鸣的声线
流淌在行吟的血液里

在法兰西的夜晚凯旋
天上仍挂着月色
和荣耀　掺进了殉道者的纯情
在平和中绽放
眩晕的清冽的波澜

如同　他不停地敲塑
遍体鳞伤的　垂死的马人
抑或张弓的命运
天使、果实、战士或坐骑
在石膏和青铜间　反复翻制

布德尔故居　众英雄和女神
在院子里　在工作间　在地下室

置身于两重世界
像是不安的灵魂发出忏悔
在一场永恒的战争中
被剥去了人与物的躯壳

等待出场

他穷其一生　等待舞者出场的瞬间
着迷于调整好舞鞋的芭蕾剧

他不停地摄取细节和姿态
在与诗人瓦莱里的通信中沦陷于沉思的动感

一群舞者　头向前低下去
少女之手抓住了弥漫的时间

一匹匹马儿　一副副放松的样子
骄傲地等候人们的惊呼

——那些飞旋的、飞驰的人世间
为埃德加·德加的迷恋打上脚注

如今　奥赛火车站的列车早已驶入广袤的未来
留下这一切　在五层西头的展厅临时呈现

在巴黎步行

在巴黎步行　想象如何深入她的背影

这座散发幽香和浪漫的城市
街道盘旋在漫长的时刻
像一片平铺的秋叶上的经脉

在巴黎步行　想象如何跟随她的思绪
从第九区福布·蒙马特街宜必思酒店出门
拐弯处遇见信号灯
犹豫间车辆都停下来
示意人生可从此经过
重返笑容和善意

在巴黎步行　遇见茹弗鲁瓦廊街
一幢连一幢古老的楼宇间
人们在杂货店、书店、古董店游荡
像跟着橱窗里的丁丁环游世界
看着画廊里的老画远走他乡

在巴黎步行　想象那些温暖的邂逅
在安详无梦的清早注目倾听

纯粹之诗

春天的秘密
浸透寂静的清早
融入亿万束闪亮的声音
播种自由而恬静的祝福
像雨水叩问大地
河流淌向密林

阳光追逐生灵和花瓣
艺术驻足在塞纳河岸
散发缪斯的祷词与泉水的甘冽
为忧郁者点燃炽热之焰

春天就要来了
一个旷野的孤行者　命运的
赞颂者　要把整个春天送给你
把整个春天的柔软和风骨　送给你
还有大地的情怀　青草的气息
也要送给你
送给你的春天都是好的
送给你的植被都是洁净的鲜嫩的
都是从十万个为什么里
挑选出来　剔除了浮光掠影的

那首春天的乐曲
盘旋于巴黎的屋顶
音符穿越历史的天空远道而来
不惑的人生亦远道而来
无需证人和答案
无需翅膀扇动抒情　缰绳牵引自由
当角色回到童年的玩具
生命的颜值沉浸于纯粹
只需回眸　简单的美妙便百听不厌

张开轻盈的羽翼
写下欢快的诗篇吧

时光一晃就永久记住了
内心的直觉和生活
每时每刻　都用圣洁的月色沐浴
蓝天下的鸟儿也不愿飞走
停在发芽的枝头　寻得自由的栖息地
在那山丹花盛开的地方
天赋也揭开了神秘的面纱
驰骋在永恒的春天的叙事里
多少年后　记忆仍在高贵的皱褶里闪光

跋

故乡之外，可有精神安顿的异乡

我常忆起故乡的山水草木。旧时旧事旧物笼罩在沉寂的回想中，一些碎片和幻象，愈来愈单纯，愈来愈苍茫。我的思绪回到童年的时间线索中，像一只飞旋田野的萤火虫，探照故乡的源头和印迹。

光亮是微弱的。我看见，空间意义上的故乡，埋进了沉稳与狂躁交织的景致。而时光里的乡土，似乎陷入了僵局，充斥着异样的色彩和形状，竟有点心酸。恍惚间坐看云起云涌，生活早已倾淌在溪流里，境相变幻莫测。

人生何处是故乡呢？

在空间的线索里，人生两岸皆山。一面是故乡的居所，一面是异乡的堤坝。它们都从自然的田地里孕育，它们又都生长在漫长的生活里。这断想，或因为故乡与异乡都以人和人生为对象，易被宏大或微小的情景、情怀、情绪内蕴的诗性所触发。对于自然世界，诗性是其本然，四季更替就是自然诗的蜕变。对于人生世界，生命的诗性是天然而寂静的。诗，作为一种精神的根植和劳作，是生命“面世”的自适与慰藉，是心灵的澄明和对生命价值的发现与发掘，甚至是生命存续的“宿命”。

我的诗歌写作历程，从初入大学算起，已有三十五年光景。1987 年，我离开乌江之滨的山城思南到古都西安求学。

这是我第一次远离故乡，我倔强地拒绝了父亲陪同我去西安，跟着在重庆上大学的哥哥上了路。先坐七八个小时的汽车到遵义，再乘八九个小时的绿皮火车到重庆中转。

余华的小说《十八岁出门远行》开篇即说，“柏油马路起伏不止，马路像是贴在海浪上。我走在这条山区公路上，我像一条船。”我的离乡之旅显然要比这“惨”。马路是凹凸不平的土山路，“海浪”之后，卷起滚滚呼啸的尘烟，我坐在颠簸的长途车座上，像一副蠕动的躯壳。仿佛飘进了云端，躯壳被长途车的惯性牵引着，一路上被前后左右抛甩。遵义去重庆的火车是过路车，只有站票。晚上八点多挤上绿皮车厢，一直站在过道上，在夜晚穿过娄山关，翻山越岭，在铁轨尖嚣的摩擦声中辨识星光、月色和崇山峻岭里的点点灯火。次日早晨，我看见重庆的晨曦，这是放大版的思南，好比我从乌江出发时是一只小船，船行至长江，变成了宽敞的游轮。我格外珍视它们，这让我联想起此行的目的：离开。不曾想，这一去，距离那么远，时间那么长。在重庆北培西南师大的宿舍住了一晚，第二天，哥哥送我登上去西安的 238 次列车。二十多个小时，临窗的风景，飘过巴蜀大地，穿越宝成铁路秦岭间延绵不断的隧道，我遥想自己是个“临窗的英雄”。沿着这条铁轨，我在心里说，再见，故乡！

此后三十多年，我经历过无数次离开、返回。但每一次，都不如十八岁出门远行时那般刻骨铭心、魂牵梦绕。是的，那一次，是再也回不到源头、回不到过去的远行，是人生旅途漫长诗篇的序章。倘若人生是一场关于叙事诗的旅程，对我而言，这序章就如同诗意的萌芽和抒情的开端。它有时是空山灵水、云天顿悟，有时是寻道问途、味象玄通，有时是寸心反省、落寞尽意——即便置身当下，这开端亦是我“在路上”时远行跋涉的脚力，是我叩问人生、慰藉生活、诗意渡舟的精神坐标的原点。

但故乡之外，可有精神安顿的异乡？地理空间上，西安、北京，都算得上我人生旅程的异乡。故乡之外，都是异乡。而我真正向往的精神的异乡，是沉凝的岸影，构筑诗的居所，沉积于诗的河床。我想，诗及诗性的领地，方是人生的预设和异乡。

断断续续的诗歌写作中，我认定，诗的品格应包括思、美、净、灵、韵等特质，诗是内心的倾诉、性情的涵养，更是对待生活的态度与表达。三十多年间，陆续出版过几本诗歌小集子，亦被国内外的刊物或诗歌选本选发过百余首作品。诗如同生命的“此在与自在”，使我沉醉、徘徊于其间。即便我的写作常显得漫不经心，有时节律铺陈低吟，有时意象坚硬艰涩而忘了节制——我总希望自己的写作是纯粹的，不受过多外界因素的影响，它们是我随遇的沉思、反省或畅想。

如是，这本《故乡与异乡》选集，且作个人以往诗歌写作的小结与纪念。

2021 年 4 月 18 日 于北京柏彦庄

图书在版编目（CIP）数据

故乡与异乡 / 蔡劲松著. -- 北京：民族出版社，2021.10
ISBN 978-7-105-16523-0

Ⅰ. ①故… Ⅱ. ①蔡… Ⅲ. ①诗集—中国—当代
Ⅳ. ① I227

中国版本图书馆 CIP 数据核字（2021）第 219905 号

故乡与异乡

作　　者：蔡劲松
策划编辑：宝贵敏
责任编辑：宝贵敏
封面浮雕：蔡劲松
书籍设计：松风创意
出版发行：民族出版社
地　　址：北京和平里北街 14 号
邮　　编：100013
电　　话：010-64228001（编辑室）
　　　　　010-64224782（发行部）
网　　址：http://www.mzpub.com
印　　刷：北京精彩世纪印刷科技有限公司
经　　销：各地新华书店
版　　次：2021 年 10 月第 1 版
　　　　　2021 年 11 月北京第 1 次印刷
开　　本：889mm×1194mm　1/32
字　　数：300 千字
印　　张：13.125 印张
定　　价：68.00 元
书　　号：ISBN 978-7-105-16523-0/I・3116（汉 2897）